나는
안전합니다

폭력과 혐오에 상처받은 당신에게 보내는 편지

**나는
안전합니다**

심이경

이매진의
시선
時 線
16

나는 안전합니다

폭력과 혐오에 상처받은 당신에게 보내는 편지

초판 1쇄 2022년 10월 21일
지은이 심이경
펴낸곳 이매진 **펴낸이** 정철수
등록 2003년 5월 14일 제313-2003-0183호
주소 서울시 동대문구 한빛로 49, 113동 1002호
전화 02-3141-1917 **팩스** 02-3141-0917
이메일 imaginepub@naver.com
블로그 blog.naver.com/imaginepub
인스타그램 @imagine_publish
ISBN 979-11-5531-136-3 (03800)

끈질기게 탈출구를 찾아
끝내 회복하고 마는

몇 해 전부터 글을 쓰고 있었다. 이 글을 '치유의 글쓰기'라고 불렀다. 상처를 직면하려고, 나를 더 자세히 알려고, 나쁜 패턴에서 벗어나려고, 다시 태어나려고, 절박함을 담아 썼다. 친족 성폭력으로 고통을 겪은 긴 시간에 마침표를 찍기를 바랐다. 처음에는 내게만 의미 있는 작업이었지만 시간이 지나 치유를 체험하면서 책임감을 느꼈다. 내가 경험한 친족 성폭력을 기록하는 책을 내겠다고 마음먹었다.

사람들에게 성폭력 피해자가 어떤 어려움을 겪고 어떤 감정을 느끼는지 알리고 싶었다. 인생의 잔인함에 속수무책 당하기만 하는 피해자로 남지 않고, 끈질기게 탈출구를 찾아 회복하는 과정을 담은 이야기를 남기고 싶었다. 나는 영민하지도 못하고 부유하지도 않다. 그런 나 같은 사람이 치유를 경험했다면 다른 사람도 할 수 있다고 용기를 줄 수 있지 않을까.

한편 개인적인 경험에 지나지 않는 이야기를 세상에

내보내는 일이 맞을까, 책을 내고 후회하지 않을까 고민했다. 내가 치러야 할 대가가 얼마일지 짐작할 수 없었다. 가장 먼저 가족이 나를 비난할까 두려웠다. 성폭력 범죄는 상식을 벗어난 일인데도 어떤 사람들은 자기 상식으로 이해하지 못하면 피해자를 거짓말쟁이로 몰아가는 데 열성을 다하기도 한다. 열성적인 누군가가 내 신상 정보를 파헤쳐서 성폭력 피해자라는 낙인 때문에 생계에 지장이 생기면 어쩌나 걱정했다. 철저한 무관심도 두려웠다.

오늘도 새로운 성폭력 피해자 소식을 접한다. '물뽕'으로 불리며 약물 강간에 쓰이는 감마 하이드록시낙산[GHB] 밀반입 적발 건수는 2021년 기준 2020년보다 61배 급증했다. 해마다 최고치를 경신하고 있다. 여성과 여자아이들이 안전한 세상은 아직 오지 않았다. 지금도 여전히 혼자 힘들어하는 사람이 있다. 그 사람에게 지옥 같은 마음에서 빠져나올 작은 단서라도 준다면 의미 있다고 생각한다. 계속 쓰기로 마음을 다잡았다. 어느새 사명감이 되어 있었다.

성폭력 피해만으로도 고통스러운 친족 성폭력 피해자들에게 가족들은 침묵을 요구하거나 외면한다. 피해자는 극도의 고립감을 느끼면서 죽음 가까이 내몰린다. 친족 성폭력은 드러나지 않는 범죄 비율을 뜻하는 '암수율'

이 높다. '처벌받지 않는 범죄'다. 피해자가 사실을 드러내기 힘든 범죄다. 그런 범죄에 침묵한다면 부조리한 세상이 더 오래 유지되는 데 동조한다는 죄책감을 피할 길이 없을 듯하다. 우리 사회가 친족 성폭력을 집안의 낯부끄러운 수치 정도로 여기고 쉬쉬할수록 가해자는 더 기세등등해진다. 피해자가 아니라 가해자가 부끄러워하고, 움츠러들고, 비난받고, 숨어 지내는 세상이 와야 한다. 그때까지 내가 할 수 있는 일을 하려 한다.

나는 오랜 세월 다양한 방법으로 어느 정도 상처를 회복해왔다. 이런 내가 목소리를 내지 않으면 누가 할 수 있을까. 피해 당사자가 아니라 피해자를 이해하고 싶은 사람도 이 책을 참고한다면 기쁠 테다.

차례

프롤로그 끈질기게 탈출구를 찾아 끝내 회복하고 마는   5

1. 잊고 싶어도 잊을 수 없는

중학교 2학년 어느 여름밤   15

그때는 성폭력이라 말할 수 없었다   18

가난, 성차별, 폭력이라는 배경   20

끊임없이 자책하는 시간   25

존중받은 적 없어서 권리를 주장하지 못하는   27

두려운 질문들   29

2. 증상들
멀쩡한 척하지만 멀쩡하지 않은

실어증   33

일상 상실   34

자살 충동   36

사라진 의욕과 세상을 향한 관심   37

힘들어할 자격   39

누구라도 눈치 좀 채   41

3. 폭로
끝나지 않는 고통

10년 만에, 언니에게 처음 고백했다   47

15년 만에, 가해자 보호에 바쁜 엄마   48

폭로한 뒤, 가족을 모두 잃은 듯했다   51

성폭력 피해가 고통스러운 이유   53

죽음으로 내몰고 붙든 엄마라는 질긴 인연   56

뻔뻔하게 잘만 사는 가해자   57

4. 심리 상담
상처를 직면하다

30대 후반, 다시 심리 상담을 시작하다   63

결혼보다 설레는 이혼   65

전문가가 아니어도 치유하는 사람   66

변화를 위한 준비물   68

상처를 직면하기   70

여성주의 심리 상담을 만나다   72

엄마를 연민하면서도   75

분노의 씨앗   77

성폭력 전 이미 비참한 아이   78

죽여도 모자라는 분노   83

엄마가 왜곡한 자아상들   85

유기 불안   91

5. 연애와 결혼

누가 나를 구원해줘요

정서적 허기를 채우려 한 연애   97

배우자를 선택하는 기준   100

결혼한 뒤 남편도 나도 달라졌다   102

나를 구원하는 사람은 나   104

6. 꿈 작업

꿈이 이끈 치유

괴로운 밤과 꿈이라는 돌파구   109

플래시백을 치유해준 꿈 작업   111

폭발하는 꿈과 꿈 일기   112

내 안의 남성성을 만나다   116

내 안의 남자아이에게   119

나를 보는 새로운 눈   122

7. 변화

미투할 용기

호기심, 그리고 벗어남   133

변한 건 나 하나   136

법률 상담   139

법은 가해자 편   143

엄마, 미투하고 싶어   146

가족에게 남은 기대 148

25년 만에 가해자가 한 사과 150

가해자를 만나 사과를 받은 뒤 153

용서하지 않아도 된다 155

감정은 가장 중요한 진실 156

8. 글쓰기
어디까지 써야 할까

두려움에 지지 않고 쓰기 163

여섯 살, 너무 어릴 때 성추행 165

성인, 직장 성폭행 168

또 다른 치유 과정 172

남은 숙제 178

가장 우아한 복수 180

9. 치유를 유지하기

걷기 예찬 185

일에서 도망치지 않기 186

자신을 믿을 근거 만들기 188

치유 뒤 고요하고 소박한 일상 191

내 몸을 더 잘 알게 됐다 194

에필로그 죽지 않고 지금까지 살아 있기를 잘했지 197

1.

잊고 싶어도

잊을 수 없는

중학교 2학년 어느 여름밤

중학교 2학년 여름이었다. 봄에 생일이 지나 만 14세가 됐다. 오빠는 나보다 네 살 많은 고3이었다. 지방 인문계 고등학교를 다니는 오빠는 야간 자율 학습을 마치고 자정이나 새벽 한 시쯤 집에 왔다. 나는 이미 곯아떨어진 시간이었다. 오빠를 뺀 가족이 모두 깊이 잠든 바로 그 시간, 범행은 매일 반복됐다. 가해자는 오빠였다.

며칠은 잠결이라 잘 몰랐다. 내가 모른다고 확신했는지 가해자는 점점 대범해졌다. 처음에는 옷 위로 가슴과 엉덩이를 만지고 자기 방으로 가버렸다. 그 뒤에는 옷 속으로 손을 넣어 여기저기 실컷 만지더니 팬티를 살금살금 내렸다. 깊은 밤 나날이 대범해지는 손길이 나를 만질 때 어느 순간 잠에서 깼다. 그렇지만 설명할 수 없는 이유로 깼다고 표현하지 못했다. 내가 잠결에 뒤척이는 척하면 얼른 자기 방으로 도망쳤다. 이런 상황이 몇 번 반복되자 뒤척여서 피하는 방법은 통하지 않았다.

밤마다 계속되는 손길을 피하려고 이불을 돌돌 말아 엄마 옆에 찰싹 붙어 잠이 들었다. 더운 여름이었다. 내가 뒤척인 건지 가해자가 떨어트린 건지 모르지만 깨보면 우리는 떨어져 있었고, 결국 또 추행은 반복됐다. 그리 넓지도 않은 방에는 엄마와 언니까지 늘 셋이 같이 자고 있었지만, 그런 사실은 오빠에게 큰 걸림돌이 아니었다. 마치 어디서 배운 이론을 실험용 동물에게 실습하듯이 내 온몸을 주무르고, 손으로 내 성기를 문지르고 손가락을 넣으면서 자기 호기심을 채웠다.

평생 각인처럼 선명할 줄 알았는데 희미해진 기억도 있다. 몇 월 며칠부터 시작돼 몇 월 며칠에 끝났는지 이제는 생각나지 않는다. 그 일을 깨알같이 적어둔 일기장들도 지금은 사라졌다. 기억이 선명하지 않아도 느낌은 어제 일처럼 선명하다. 내 속옷을 살금살금 집요하게 내리던 감촉이나 돌덩이처럼 굳어져 온 몸에 힘이 들어가던 긴장감은 아직도 생생하다. '오늘 밤은 꼭 무덤에서 손이 튀어나오듯 그 손목을 콱 잡아야지!' 이런 다짐도 해도 몸은 또 얼음처럼 굳었다. 가해자가 스스로 멈추기를 간절히 바랐지만, 바람은 바람일 뿐이었다.

오빠가 내 팬티를 모두 내리고 힘이 들어간 내 다리를 억지로 벌리고 자기 성기를 삽입하려 애쓰면서 굳게 다문 내 입술에 미지근하고 물컹한 혀를 밀어 넣고 원을 그리듯 돌렸다. 나는 모든 용기를 간절히 모아서 굳은 몸을 움직여 두 팔로 힘껏 밀어냈다. 내가 처음으로 강하게 저항하자 놀란 오빠는 후다닥 자기 방으로 도망쳤다. 뒤따라 들어가니 그사이 자는 척하고 있었다. 가만히 서서 내려다봤다. 오빠는 어설픈 연기를 멈추더니 잘못했다고, 엄마한테 말하지 말아달라고, 무릎을 꿇은 채 아주 작은 목소리로 빌었다. 그렇게 2주 동안 매일 밤 이어진 범행은 일단 멈췄다. 내가 용기를 내어 드디어 가해자를 멈추게 한 사실에 조금 안도했다. 그러면서 엄마를 깨우면 안 된다는 생각도 들었다. 그 일은 그렇게 비밀이 됐다.

가해자의 범행은 현행법으로 따지면 성추행과 유사성행위일 뿐 강간은 아니다. 한국은 강간을 피해자의 '극렬한 저항, 폭행, 협박, 성기 삽입'을 기준으로 삼기 때문이다. 반면 어떤 나라에서는 성폭력을 동의 여부로 판단해 이런 범죄도 강간으로 본다. 나는 이 일을 강간이라고 여긴다. 저항하지 않았다면 성기 삽입까지 일어나고도 남았다고 확신한다. 가해자는 손가락이냐 성기냐가 많이 다를지 몰라도 피해자는 별 차이 없이 똑같이 끔찍하다. 나는 가해자의 모든 행위를 통틀어 성폭력이라고 부르겠다.

성폭력을 겪은 뒤 하루라도 빨리 잊고 싶었다. 그렇지만 잊을 수 없었다. 내가 잊으면 세상에 그 일을 증언할 사람이 아무도 남지 않기 때문이다. 잊고 싶은 기억을 붙들고 되새기는 시간이 오래 흘렀다.

그때는 성폭력이라 말할 수 없었다

사건이 일어난 뒤 내내 고민했다. 엄마에게 말해야 할까 말하지 말아야 할까. 엄마는 이미 감당할 수준을 넘어서는 삶의 무게를 가까스로 지탱하고 있는 사람이었다. 그런 엄마에게 '당신의 힘든 인생에 또 문제가 생겼어요'라고 차마 말할 수 없었다. 엄마는 왠지 오빠 편을 들 듯하다는 걱정을 넘어서는 강한 확신이 들었다.

엄마가 나를 성폭행한 오빠를 두둔하는 모습을 내 두 눈으로 확인한다면 얼마나 비참할까. 가출이라도 해야 할까. 가출을 하면 지금보다 나은 인생을 살 수 있을까. 갖가지 생각을 했다.

어릴 때는 어리광을 부릴 수도 없었다. 뭔가를 요구하면 받아들여지기는커녕 폭언과 폭행으로 돌아오는 집안 분위기 때문에 말수도 점점 줄었다. 아이답지 않은 아이였고, 힘들어도 도움을 요청할 줄 몰랐다.

내가 사실을 털어놓으면 엄마가 어떻게 할지 떠올랐다. 그동안 엄마가 말하던 연장선에서 상상해본다.

"니가 행실을 어떻게 하고 다녔으면 오빠가 그런 마음을 먹었겠니?"

"너는 왜 가만히 있었니?"

"왜 이제야 말하니?"

"거짓말하지 마."

"적극적으로 저항하지 않았잖아. 너도 좋아서 가만히 있었던 거 아니야?"

내가 한동안 저항하지 못했기 때문에 엄마가 이 일을 서로 합의해서 벌인 '은밀한 놀이'로 어떻게든 몰아갈까 두려웠다. 내가 중학생이라서 어리다고 핑계할 수 없다고 생각했다. 아무것도 모르고 당했다고 하면 아무도 믿어주지 않을까 봐 더욱 망설였다. 그 시절 엄마는 '제발 너희들만이라도 아빠처럼 사고 치지 말고 아무 문제 없이 빨리 커달라'는 메시지를 온몸으로 일관되게 보내고 있었다. 그런데 엄마가 제발 일어나지 말라고 바라는 문제가 나한테 일어났다. 엄마가 알면 다 버리고 멀리 떠날지도 몰라 무서웠다. 이미 내 존재 자체가 엄마에게 짐이 된다고 느끼고 있기 때문에 엄마를 더 힘들게 하고 싶지 않았다. 엄마를 걱정했다. 혼자 병원에서 자궁 적출 수술을 하고 돌아와서 소리 죽여 울던 엄마 모습이 눈에 선했다. 어른이 될 때까지 이 집에서 쫓겨나고 싶지도 않았다.

그래서 침묵했다. 나만 조용히 하면 아무 문제 없다면서 나를 뺀 가족의 평화를 지키려 했다. 내가 말하면 그 일은 현실이 되지만, 말하지 않으면 일어난 일과 일어나지 않은 일 사이 회색 지대에 남길 수 있다고 생각했다. 그 일은 엄연한 일어난 사실이고 없던 일이 될 수 없는데 말이다.

정확히 말하면 말을 안 한 게 아니라 못 했다. 늘 말하고 싶었다. 들어줄 사람을 간절히 찾았다. 끊임없이 말하고 싶었고, 치유를 바라며 발버둥 쳤다. 제대로 들어줄 사람을 못 찾았다. 침묵은 결코 동의나 용서가 아니었다.

나보다 가족을 먼저 생각하느라 내가 얼마나 힘들지 몰랐다.

가난, 성차별, 폭력이라는 배경

오빠가 여동생에게 성폭력을 저지르는 사건이 어떻게 일어날 수 있었는지, 왜 가족에게 말할 수 없었는지 이해하려면 가정 환경이라는 배경까지 함께 들여다봐야 한다. 얼마 전에야 깨달았지만 해로운 가정 환경이 바탕이 돼서 친족 성폭력이 더 쉽게 일어날 수 있었다.

우리 가족은 지방 소도시에 있는 단독 주택 방 한 칸에 세를 들어 살았다. 부모님과 1남 2녀였다. 지금은 아빠가 세상을 떠나 네 명이다. 내가 막내이고, 두 살 위 언니하고 네 살 위 오빠가 있다. 어릴 때부터 아빠는 가출 상태였다. 온 가족이 식탁에 둘러앉아 밥을 먹은 횟수는 손에 꼽을 만큼 적었다.

가끔 얼굴을 비추러 집에 오는 날이면 아빠는 올해 몇 살이냐고 매번 똑같이 물었다. 사이가 먼 조카에게나 할 법한 질문이었다. 집에 가져다주는 돈은 거의 없었고, 오히려 이런저런 사고를 저질러 돈을 가져갔다. 무능력한 와중에 다른 여자도 만났다. 엄마를 때리는 장면도 한 번 봤다. 줄줄이 낳은 세 남매를 돌보고 생활비를 버는 일은 당연히 엄마 차지였고, 엄마는 억척같이 몫을 해냈다. 월급이 조금 더 많은 공장으로 옮겨 다니며 열심히 살았지만, 살림은 늘 궁핍했다. 밥 굶지 않고 헐벗지 않는 수준을 간신히 유지했다.

"너네 집 거지야?"

내 행색이 어지간히 볼품없는지 같은 반 아이가 이렇게 물어도 대답을 못 했다. 내가 봐도 내가 거지인 듯도 하고 아닌 듯도 했다.

초등학교 시절 하면 떠오르는 다른 기억은 초록색 칠판에 흰 분필로 적힌 내 이름 석 자다. 내 이름은 '돈 안 낸 사람'이라는 글씨를 따라다녔다. 돈 안 낸 사람 명단이 적히는 첫날은 다섯 명쯤으로 시작한다. 혼자가 아니어서 안도하지만 그런 상황은 오래가지 않았다. 다음날에는 셋으로 줄고, 마지막에는 늘 내 이름만 며칠씩 남아 있었다.

담임 교사는 푼돈 가지고 계속 신경쓰게 만드는 나라

는 아이에게 짜증과 적대감을 숨기지 않고 드러냈다. 돈이 없어서 내지 못한다는 생각 자체를 하지 않았고, 내가 자기 말을 흘려듣거나 그냥 귀찮아서 부모에게 돈 달라는 간단한 이야기를 안 한다고 확신했다. 나를 일으켜 세워서 내일까지 돈을 가져오라며 화를 내고 때리는 교사도 있었다. 나는 가난 때문에 주목받는 아이였다. 수시로 창피를 당하고 몸 둘 바를 모르는 일을 겪었다. 그런 식으로 눈에 띄는 사람이 되고 싶지는 않았다. 평범한 친구들 속에 자연스레 섞이고 싶었다.

가난 속에서 모든 자원은 오빠에게 집중됐다. 나는 초등학교 저학년 때부터 청소며 설거지며 심부름을 했다. 세탁기가 없어서 손빨래를 했는데, 오빠는 모든 집안일에서 늘 예외였다. 새 운동화, 새 책, 학원 등 드물게 구경할 수 있는 새 물건이나 조그만 기회를 차지하는 주인은 늘 오빠였다. 나는 물려받거나 얻어 입거나 빌려 봤다. 오빠가 고등학생이 될 무렵에는 집주인에게 허락을 받고 무허가로 오빠 방을 만들었다. 열심히 공부하라면서 책상과 의자도 새로 사줬다. 오빠도 나도 우리 집에서 누가 더 중요한 사람으로 대우받고 누가 가장 홀대받는지 무의식중에 알고 있었다.

두 사람이 해야 할 부모 노릇을 혼자 감당해야 하는

엄마는 늘 피곤하고 턱 밑까지 울화가 차 있었다. 엄마의 히스테리는 너무 큰 공포였다. 매일 퇴근 시간이 가까워지면 가슴이 콩닥콩닥 뛰었다. 혼나지 않으려고 나름 열심히 청소를 해도 퇴근한 엄마는 납득할 수 없는 이유로 불같이 화를 내며 상스러운 욕설이 섞인 날카로운 폭언을 하거나, 빗자루, 파리채, 연탄집게 등 무엇이건 손에 잡히는 물건으로 나를 때리기 일쑤였다. 아침에 잠을 깨울 때는 나를 항상 발로 툭툭 찼다.

"내가 미쳤다고 애를 셋이나 낳아서 이 고생인지."

엄마는 이런 말을 자주 했다. 둘째까지는 괜찮은데 셋째는 미친 짓이라 할 만큼 후회스럽다는 말이었다. 막내인 나는 그 말을 들을 때마다 내가 태어나지 말았어야 하는 존재라고 느꼈다.

또래보다 늦은 나이까지 야뇨증이 있어서 더 자주 맞았다. '이거 꿈 아니지? 꿈 아니지?' 꿈속에서 몇 번을 확인하고 소변을 보는데, 깨어보면 이불 속이었다. 자연스레 표출되지 못한 불안이 그렇게 꿈속에서 표출된 듯하다. 둔한 엄마는 이런 아이의 심리를 알아채지 못했다. 엄마는 자기를 골탕 먹이려고 내가 일부러 오줌을 싼다고 확신하고 있었다. 그런 생각 때문에 나를 더 괘씸하게 여겼다. 나는 한겨울에 발가벗고 문밖에 몇 시간씩 서 있거나 엄마가 분이 풀릴 때까지 맞는 수밖에 없었다. 엄마는 친척이나 이웃 앞에서 내가 아직도 밤에 오줌을 싼다며 대놓고 창피를 줬다. 충격 요법은 엄마의 의도하고 다르게 악영향만 끼쳤다.

"너 키우는 데 돈이 얼마가 드는지 아냐."

중학교에 입학하고 자습서 살 돈을 달라고 말하니까 '지난주에 국어 자습서를 산다더니 이번 주에 수학 자습서냐'며 면박을 주더니 거짓말로 돈을 타가는 거짓말쟁이로 몰았다. 엄마가 해결할 수 없는 스트레스를 나한테 푸는 듯도 하고 내 존재 자체가 엄마를 힘들게 하는 듯도 했다.

늘 엄마 눈치를 보고 긴장한 상태로 지냈다. 집에는 다정함, 따뜻함, 부드러움이 없었다. 안심하고 긴장을 풀 구석이 전혀 없었다. 학교에서는 늘 모범생인 나에게 엄마는 칭찬이나 격려, 지지는 물론 어떤 긍정적인 말도 해주지 않았다. 초등학생 무렵에는 친부모가 나를 찾으러 오는 상상을 품고 살았다. 나를 찾으러 온 친부모는 교양 있고 따뜻한 분들이었다. 나는 계모라는 사실이 밝혀진 엄마라는 사람이 저지른 온갖 만행을 일러바쳤다. 결국 상상에 그치지만, 그만큼 마음 붙일 구석을 찾기 힘든 시간이었다.

지은 죄가 무엇인지 모르지만 벌을 받는 느낌, 평생 나를 지배한 주요 감정이었다. 왜 벌을 받아야 하는지 모르기 때문에 더 억울했다. 엄마는 힘든 상황에서 자식을 버리지 않고 양육 의무를 꾸역꾸역 해낸 시간으로 자식 사랑이 저절로 증명된다고 생각한지도 모르겠다. 그러나 나는 낳았으니 어쩔 수 없이 책임지는 의무가 아니라 사랑을 원했다. 어린 내게 그 둘은 전혀 별개의 일이었다. 그렇다고 완벽한 엄마를 바라지도 않았다. 내 간절한 바람은 그저 세상에 존재해도 된다는 허락이 아니었을까 싶다.

끊임없이 자책하는 시간

가난과 폭력에 상처 입은 마음은 성폭력을 겪은 뒤 더욱 더 위태로워졌다. 내게 무슨 사건이 일어났는지, 이 사건을 어떻게 받아들여야 하는지, 앞으로 뭘 해야 하는지 알수 없었다. 당황스럽고 혼란스러웠다. 사건이 끊임없이 플래시백 될 뿐 생각 자체를 하기 힘들었다. 혼란이라는 단어조차 오랜 시간이 흐른 뒤 겨우 찾아낸 표현일 뿐이다.

어떤 날은 그 사건이 내 인생에 아무런 영향도 끼치지 않을 해프닝처럼 느껴졌다. 나만 입 닫으면 그 사건은 없던 일이 되고 나는 정상적인 삶을 살 수 있을 듯도 했다. 일부러 사건을 '별 것 아닌 일'로 축소해서 생각하려고 했다.

'어쨌든 끝까지 가지는 않았으니까.'

'나보다 더 심하게 당한 사람에 견주면 나는 상황이 좋지 않나?'

'그래도 사과를 받았잖아.'

내가 저항한 날, 비밀로 해달라며 다급하게 내뱉은 면피용 사과, 진심이 전혀 없는 사과, 남들에게 진상을 알리지도 않고 받은 사과 때문에 더 헷갈렸다. 그렇지만 그다음 날이면 이대로 내 인생이 크게 망가질지 모른다는 두려움에 몸을 떨었다. 그런 시간을 무한히 반복했다. 그때는 이 사건이 내 인생에 얼마나 큰 영향을 미칠지 전혀 알수 없었다.

가해자가 한 사과가 진심이 아니라는 사실은 얼마 지나지 않아 알 수 있었다. 성추행은 다시 벌어졌다. 보름간 이어진 성폭력이 있은 뒤 몇 달도 지나지 않은 때였다. 집에서 깜박 낮잠이 들었는데, 누가 교복 상의 단추를 하나씩 푸는 느낌이 들어서 눈을 떴다. 다시 오빠를 마주했다. 오빠는 서둘러 자기 방으로 도망쳤다. 또다시 성추행이 벌어진 현실이 절망스러워서 쫓아가 따지지도 못했다.

누구보다 가장 먼저 내가 나를 검열하고 비난했다.

'내가 오빠랑 사이가 좋아서 이런 일이 생겼나?'

'언니처럼 맨날 다퉜다면 이런 일이 안 생겼을까?'

'내가 잠들지만 않았어도, 얼음이 되지만 않았어도.'

'하지 말라고 말했다면, 큰소리로 엄마에게 울며불며 도와달라고 했다면 어땠을까.'

왜 더 현명하게, 왜 더 빨리 대처하지 못했냐고 끊임없이 자책했다. 용기가 나지 않아서 저항하지 못하기는 했지만, 죄책감에 시달리기도 했다. 계속 잠든 척하면 오빠가 무슨 짓까지 할까 잠깐 궁금해져서 확인하고 싶은 충동을 느낀 탓이었다.

존중받은 적 없어서 권리를 주장하지 못하는

가난하고 폭력적인 환경에서 자존감을 키우며 살기란 쉽지 않았다. 정서적이고 경제적인 결핍 속에서 내가 마땅히 존중받아야 하는 존재라는 사실을 인식하기 어려웠다. 내 몸을 소중하게 다룰 권리나 내 동의 없이 어떤 신체 접촉도 거부할 권리가 있다고 주장할 생각을 하지 못했다. 가정에서도 학교에서도 작은 규범을 안 지킨다거나 그저 기강을 잡고 버릇을 고친다는 이유로 어른이 아이의 따귀를 때리고 주먹질을 해도 아무 문제 삼지 않는 시절이기도 했다.

내 의식은 이 말도 안 되는 상황을 합리화하려는 이런

저런 생각들로 바빴다. 이런 상황을 정의하는 친족 성폭력이라는 단어는 먼 훗날에야 알게 됐다. 그렇지만 감정은 응급 신호를 보내고 있었다. 불쾌하고 불편한 느낌들이 분명 있었다. 혼란스러워도 진실을 말하는 감정이었다. 그때는 이런 감정이 보내는 신호를 몰랐다. 감정이 시키는 대로 부당하다거나 불쾌하다고 따지는 일은 상상력 밖이었다. 좋은 아이가 되고 싶었다. 말 잘 듣고 문제를 일으키지 않으면서 지내야 좋은 아이인 줄만 알았다.

성폭력 피해는 부끄러운 일이 아니라 인권을 침해당한 문제라고 교육받았다면, 부모가 내 편이 돼주는 사람이었다면, 좋은 어른이 가까운 데 단 한 명이라도 있었다면, 틀림없이 뭔가 달랐을 테다. 그 모든 행운은 나를 비껴갔다. 피해자들이 뭔가 모자라서 폭력 상황에 저항하지 않거나 폭력이 벌어진 가정을 탈출하지 못하고 살지는 않는다. 왜 탈출하지 않았냐고 비난해서는 안 된다. 부모는 나를 때리거나 방치하고 오빠는 나를 성폭행하는데 가족도 아닌 누군가가 나를 도와줄 수 있다고 생각하지 못했다. 세상을 신뢰할 수 없었다. 그래도 먹여주고 재워주는 곳은 집밖에 없어 보였다.

두려운 질문들

가장 두려운 질문이 있다.

"왜 이제 와서?"

"왜 가만히 당하고만 있었어?"

"강간까지 가지는 않았잖아. 그래도 가족이잖아."

폭력을 축소하고 피해자를 탓하는 무감한 말들에 아무도 모르게 쓰러지는 섬세한 영혼이 있다. 피해자가 힘들게 성폭력을 폭로하면 많은 사람들이 이런 질문으로 오히려 피해자에게 책임을 묻는다. 2차 가해라는 말이 맞다.

"증거를 모았어야지."

"니가 먼저 조심했어야지."

"그런 일이 생길지 예상할 수도 있었잖아."

피해자에게 왜 현명하게 대처하지 못했냐고 비난하는 듯한 이런 질문도 마찬가지다. 남의 일이라면 논리적으로 생각할지 몰라도 막상 내가 당하면 당황하기 마련이다.

책임을 묻는 질문을 뒤집어야 한다. 이제 새로운 질문들을 해야 한다. 피해자에게 책임을 지우기보다는 탈출한 아동이나 청소년이 안전하게 지낼 수 있는 보호 기관이 충분한지를 먼저 물어야 한다.

나처럼 집을 나와도 갈 곳 없는 불운한 아이들이 아직 많다. 그 아이들은 지금도 익숙하고 해로운 환경에 남을

지 새롭고 해로운 환경으로 도망칠지 정해야 하는 좁은 선택지 사이에서 고민하고 있다.

2.

증상들

멀쩡한 척하지만 멀쩡하지 않은

실어증

성폭력을 겪은 뒤 실어증이 찾아왔다. 집에서도 학교에서도 말이 나오지 않았다. 몇 주 동안 아무 말도 못 했는데, 아무도 묻지 않았다. 말하지 못해서, 아무도 알지 못해서 고통스러웠다. 몸이 구조 신호를 대신 보낸 듯, 어느 날 아침 밥상에서 눈물이 주룩주룩 흘렀다.

'나 도움이 필요해. 나 너무 무서워, 누구라도 나한테 물어봐 줘. 무슨 일 있어, 왜 그래, 하고.'

누군가 물으면 다 털어놨을 테다. 혼자 감당하기 버거운 그 비밀을 전부 다 말했을 테다. 눈물을 죽죽 떨구는 나를 본 엄마는 냉담했다. 날카로운 말이 날아왔다.

"아침부터 재수 없게 밥상 앞에서 질질 짜고 지랄이야. 밥 먹기 싫으면 빨리 학교나 가!"

엄마는 늘 이렇게 말했다.

"귀찮다. 니 일은 니가 알아서 해라."

오늘따라 날카로운 한마디는 늘 듣던 이 말에 담긴 모든 의미를 함축하고 있었다. 엄마의 짜증 섞인 반응을 마주친 나는 눈물을 그쳤다. 오기였다. 내게 관심도 애정도 없어 보이는 사람에게 눈물을 보이려니 왠지 자존심이 상했다.

'엄마에게 아무 기대도 하지 말자. 나한테는 아무 문제

도 없어야 한다. 이 집에서는 그냥 조용히 커야 한다.'

엄마에게 말하고 싶은 마음을 접어야 했다. 죽지 않을 수 있게 먹여주고 재워주지만 내가 간절히 원하는 관심과 애정은 받을 수 없다고 단념했다.

일상 상실

범행이 내가 먹고 자고 쉬는 공간인 집에서 일어난 탓에 더는 편히 먹지도 편히 자지도 편히 쉴 수도 없게 됐다. 가해자가 다른 도시에 있는 대학교에 입학할 때까지 그 집에서 함께 매일 살아야 했다. 많은 것들이 엉망이 됐다. 그러나 멀쩡한 척하면 어느 정도 멀쩡해지는 듯해서 괜찮은 척 가면을 쓰고 살았다.

원래 조용한 아이가 좀더 과묵하고 무기력해질 뿐이었다. 성적도 한꺼번에 내려가지 않고 천천히 떨어졌다. 눈으로 보이는 외상이 없어서 아무도 곤란에 빠진 내 마음을 알아채지 못했다. 굳이 감추지 않았지만, 내 마음을 알아차릴 만큼 관심과 애정을 품고서 나를 보살피고 이야기하는 어른이 주변에 단 한 명도 없기 때문이었다.

이상하리만치 무엇도 더는 궁금하거나 재미있어 보이지 않았다. 하고 싶은 일도 없었다. 마치 임종을 맞은 영혼인 듯, 유체를 이탈한 듯 내 삶이 흘러가는 모습을 멀찍이 떨어져 멍하니 바라봤다. 현실이 아닌 듯, 무감각한 날들 이 이어졌다. 기억 상실은 아니지만 청소년기에 떠오르는 일상이 거의 없다. 중학교나 고등학교 동창들을 만나도 추억을 공유하기 힘들었다. 그 시절의 내 기억은 거의 진 공 상태다. 담임 선생님이 누구인지, 유행한 노래와 드라 마가 무엇인지 잘 모른다. 그러나 마음을 할퀴고 간 상처 들은 이상하리만치 뚜렷하게 기억에 각인됐다.

무감각과 무기력하고 동시에 내가 느낀 정서는 습관 같은 우울감이다. 10대와 20대를 돌이켜보면 날마다 몸 이 무거워 꼼짝할 수 없었다. 뭔가 해야 하는데 좀체 의욕 이 생기지 않았다. 매일 씻고 밥 먹고 외출하면서 일상을 꾸려가는 사람들이 대단해 보였다. 너무 만성적이어서 우 울한 상태를 자각조차 하지 못했다. 삶을 느낄 수가 없었 다. 무한한 혼란이 나를 집어삼켰다.

다시는 사건 이전의 내가 될 수 없었다. 이전의 나처럼 생각할 수도 없고 느낄 수도 없었다. 밤에는 서러움, 억울 함, 외로움에 목이 메고 눈시울이 뜨거워졌다. 불안도 항 상 따라다녔다. 내 삶이 안전하지 않다는 감각에서 오는 불안이었고, 내가 얼마나 부서져 있는지 스스로 알 수 없 는 데서 오는 불안이기도 했다.

자살 충동

사건이 일어난 때는 왜 현명하게 대처하지 못했을까, 왜 더 빨리 막지 못했을. 시간이 지날수록 다른 자책들이 점점 더해졌다.

'이런 정도까지 힘들어할 일이야? 이제 그만 괜찮아질 때도 됐잖아. 왜 이렇게 오래 힘들어해.'

자신에게 환멸을 느낄 정도로 자책했다. 뒤이어 내 삶을 잘 살아내지 못한다는 죄책감과 무력감이 너무도 커서 자살 충동이 따라왔다.

'지금도, 미래에도 아무것도 못하고 어디에도 쓸모없을 나 같은 사람은 죽어야 하지 않나.'

'성폭력 피해자들은 자살을 많이 한다는데, 나도 그렇게 될까?'

'뛰어내리거나 물에 빠져 죽으면 고통스러울 텐데, 질식사는 덜 힘들까?'

'유서를 남길까 말까? 사람들 기억 속에 성폭력 피해 때문에 자살한 여자로 남기는 싫은데 아무것도 남기지 말까?'

'사고사로 위장할까? 그러면 여행을 가서 죽어야겠다. 그랜드 캐니언은 어떨까? 그런 데서 실족사한다면 꽤 자연스럽겠지.'

꼬리를 물고 이어지는 부정적인 생각들을 떨쳐버리는 게 아주 힘들었다. 그저 버겁고 고통뿐인 삶을 왜 살아야 하는지 의미도 목표도 찾기 어려웠다. 마음의 평온을 찾을 방법이 자기 자신을 살해하는 일뿐이라는 생각 말고 다른 대안이 보이지 않는 날은 살아남기조차 힘겨웠다. 그런 생각을 하는 내가 너무 무서웠다. 즐거움뿐만 아니라 분노나 슬픔도 거의 느끼지 못했다. 철저히 주위에 무관심하고 무감각한 상태로, 달팽이나 거북이가 위기 상황에서 자기 껍질 속에 숨어버리듯 외부 자극을 차단해서 나를 보호했다.

내면이 충분히 건강하지 않을 때, 경제적으로 독립할 여건을 갖추지 못한 그때, 가해자를 향한 분노를 고스란히 느꼈다면, 나는 혼란스런 시기를 견뎌낼 수 없었을 테다. 제대로 다루지 못한 거대한 분노는 나 자신을 향하게 될 테고, 더 심각한 자책과 자기혐오에 빠질 수도 있었다.

사라진 의욕과 세상을 향한 관심

흔히 죽을 고비를 넘기면 인생의 두 번째 기회를 더 열심히 살겠지 하고 쉽게 생각한다. 그렇지만 내가 아는 어떤 사람은 죽을 고비를 넘긴 뒤 늘 자살 충동에 시달렸다. 나

스무 살의 자화상

도 마찬가지였다. 사건 뒤에 그린 그림들에는 말하지 못하던 내 마음이 드러났다. 불행한 미래를 걱정하며 공포에 떨고 혼란에 빠진 나를 알 수 있었다.

중학생 때 발목 부러진 발레리나를 그렸다. 어둡고 그로테스크해서 그림을 본 사촌이 깜작 놀랐다. 창피했다. 대학생 때 심리학 교양 수업에서 자화상을 제출하라는 과제가 있었다. 나는 늑대에 둘러싸인 사슴을 그렸다. 동아리에서 그림 전시를 할 때는 웅크린 채 비 맞는 소녀를 그렸다. 말로 정확히 표현하지는 못했지만, 그림에는 인생이 크게 훼손된 듯한 불안과 남성을 향한 공포가 짙게 드러났다.

그림을 그리며 느끼던 순수한 재미도 사라졌다. 좀처럼 그림을 그리지 않게 됐다. 사건을 겪기 전에는 그림을 정말 좋아했다. 커다란 집에 꽃과 나무가 가득한 마당을 그렸다. 만화책이나 유명한 화가가 그린 작품을 따라 그리다 보면 하루 종일 그림만 그리는 날도 많았다. 그런 시간이 사라졌다. 모든 의욕과 세상을 향한 관심이 사라졌다.

힘들어할 자격

사람들이 그렇듯 나도 범죄 피해자가 겪는 고통의 크기

를 범죄의 심각성에 따라 재단했다. 9년 동안 아버지에게 반복적으로 성폭행을 당하고 임신 중단 수술까지 한 친족 성폭력 피해자를 보면서 정말 끔찍하고 힘들겠다고 생각했다. 그 피해자가 책을 내고 실명을 공개하고 강연하는 모습을 보면서 그런 정도 사건이라면 책도 쓸 만한 '자격'이 있다고 인정했다. 《눈물도 빛을 만나면 반짝인다》를 낸 김영서 씨 이야기다.

다른 사람들하고 비교하면 내 피해는 크지 않은 듯했다. 보름 정도 강간 미수를 겪었을 뿐 대단히 충격적인 사건도 아니다. 그런데 나는 왜 이렇게 못났을까, 고통스러워할 자격도 없는데. 눈물이 나면 이렇게 울 일일까, 웃음이 나면 이렇게 크게 웃어도 될까 싶었다. 세상에 내 자리가 어디인지, 어떤 표정을 지어야 하는지 가늠하기 힘들었다. 누구보다 나 자신이 내가 힘들만 한 상황이라고 인정하지 않았다.

철없지만 차라리 잔혹한 폭행을 함께 당한 성폭력 피해자가 부러울 때도 있었다. 힘이나 흉기로 제압당하거나, 누가 봐도 심각한 상처를 입거나, 법적으로 명백한 피해자로 인정받았다면 내 고통은 이해받았을까? 그 길고 어두운 미로 속 시간들이 단축됐을까?

고통의 크기를 축소해서 재단하고 판단하던 나는 마

음껏 힘들어하지도 못했다. 회복하려면 충분히 힘들어하고 슬퍼하는 과정이 반드시 필요하다. 10대에도 못하고 20대에도 충분히 애도를 거치지 못했다. 40대가 다 돼서야 힘들어할 자격, 분노할 자격을 내게 허락할 수 있었다.

누구라도 눈치 좀 채

엄마는 공부를 잘해서 국립대에 들어간 첫째 아들을 자랑스러워하면서도 막내인 내가 좋은 성적표를 보여주면 면박을 줬다.

"에휴, 셋 다 공부를 잘하면 어쩌니. 셋 다 대학까지 어떻게 보내라는 거야."

엄마가 대학 등록금을 내줄 마음이 있는지, 마음이 있더라도 그럴 돈이 통장에 있을지 장담하기 어려운 상황에서 공부할 이유를 딱히 찾기는 힘들었다. 그렇지만 학교에서 억지로 공부를 시키니 얌전히 자리에 앉아 죽은 지식을 머리에 욱여넣었다. 수능 성적표를 받고 엄마에게 ○○대학교 ○○과에 원서를 넣어도 되냐고 물었다.

"니 인생 니가 알아서 해. 왜 엄마한테 물어봐."

퉁명스런 대답에 서운했지만 대학에 보내주기는 하나 보다 하고 마음이 놓였다. 등록금을 안 준다고 하지 않는

게 어디냐 싶었다. 대학에 보내줄 줄 알았으면 공부를 좀 더 열심히 할 걸 후회도 했다.

그제야 이 집을, 가족을 떠날 수 있다는 현실을 실감했다. 대학에 들어가면서 우연히 시작된 거리 두기 덕분에 변화가 있었다. 일부러 집에서 멀리 떨어진 대학을 선택한 일도, 대학에 진학한 뒤 명절, 할아버지 제사, 부모님 생신에만 집에 간 일도 본능적인 반응이었다. 그마저도 바쁘다는 핑계로 종종 빠졌다. 거리 두기를 하자 분명 마음이 편해졌다. 나를 지켜낼 힘이 부족하던 나에게 거리 두기는 나를 보호하는 방법이었다.

그렇지만 근본적인 해결책은 아니었다. 가족을 멀리하고 고통스러운 기억을 외면할 수 있으면 좋을 텐데, 안타깝게도 나한테는 인생에서 그 부분만 도려내듯이 떼어낼 재주가 없었다. 내 인생 전체에서 도망 다녔다. 내 인생이 구질구질해 보이고 감당할 엄두가 나지 않았다. 나 자신을 어떻게 돌봐야 하는지 몰랐다.

대학 1학년 때는 수업을 계속 결석했다. 첫 학기와 둘째 학기 모두 학사 경고를 받았다. 고향집에 우편으로 온 성적표를 보고 엄마에게 잘 둘러댔다고 언니는 전했다. 내가 원하는 자매애는 그런 방식이 아니었다. 내 무의식은 틀림없이 이유를 물어봐주기를 바랐다.

'나 문제가 있어. 제발 눈치 좀 채! 누구라도 무슨 일 있냐고 나한테 물어봐줘.'

3.

폭로

끝나지 않는 고통

10년 만에, 언니에게 처음 고백했다

오빠가 저지른 친족 성폭력을 내가 처음으로 털어놓은 가족은 언니다. 대학교 3학년 무렵이었다. 언니는 첫 직장에 사표를 내고 수도권에서 뭔가 배우고 싶다면서 내 자취방으로 와 몇 달 동안 함께 지냈다. 언니에게 성폭력이라는 단어를 말하지는 못했다. 중학교 때 자고 있는 나를 오빠가 '만졌다'고 표현했다.

그 말을 들은 언니는 자기도 당한 적이 있다면서 얘기를 꺼냈다. 수능을 마친 언니는 채팅으로 알게 돼 연락하던 연상의 남자를 만났다. 어느 날 밤 그 남자가 갑자기 집 앞으로 찾아와 할 얘기가 있다며 언니를 차에 태웠다. 남자가 운전해서 도착한 곳은 카페가 아니라 인적 없는 산 근처였다. 언니는 성관계를 하지 않으면 집에 성한 몸으로 돌아가지 못하겠다는 느낌이 들어서 저항하지 못하고 당했다.

"시간 지나면 다 괜찮아져."

언니가 말했고, 대화는 끝났다. 내 사정을 자세히 듣지도 않고 시간이 해결해준다며 대화를 마무리했다. 서운했다. 성폭력이 있은 지 10년이 다 되는 지금까지 조금도 괜찮아지지 않았는데 말이다. 한편으로 성기 삽입은 겪지 않은 나는 언니가 당한 성폭력에 놀라고 주눅 들었다. 내 고통도 만만치 않다고 이야기하지 못했다. 더 물어봐주기를 바랐지만, 언니는 그 뒤 내가 당한 성폭력이나 자기가 겪은 성폭력에 관해 단 한마디도 꺼내지 않았다.

15년 만에, 가해자 보호에 바쁜 엄마

대학을 졸업해 사회생활을 시작하고, 성폭력 사건이 벌어진 지 15년이 흘렀다. 그래도 심리적 고통에서 벗어나지 못하고 있었다. 일도 인간관계도 불안한 정서 탓인지 계속 휘청거렸다. 인생에서 겪는 문제들이 전부 성폭력 피해 때문이라고 주장하고 싶지는 않다. 그렇지만 분명히 부정적인 방향으로 막강한 영향을 미치고 있었다.

20대가 끝나갈 무렵 엄마에게 사건을 말하겠다고 마음먹었다. 자식 셋 모두 대학까지 졸업시킨 뒤라 엄마가 경제적인 면이나 심리적으로 여유롭다는 작은 희망을 품었다. 이 문제가 내 인생의 발목을 잡고 있는 상황을 원치 않았다. 엄마는 내 편을 들어주지 않을 듯한 예감은 여전하지만 용기를 냈다. 마음을 다잡고 각오를 단단히 했다.

'엄마에게 이해받지 못한다는 두려움이 기우일 수 있잖아. 엄마가 내 편을 들지 않으면 인연을 끊어버리면 되지. 나는 이제 다 큰 성인이야.'

예감은 틀리지 않았다.

명절이라 고향집에 모두 모였다. 오빠와 엄마를 안방으로 불렀다. 중학교 때 자고 있는데 오빠가 나를 만졌다고 입을 열었다. 엄마가 너무 충격을 받을까 봐 강간하려 했다거나 삽입하려 했다거나 같은 구체적인 표현을 처음부터 꺼내기는 어려웠다. 모든 용기를 끌어모아 차분히 설명하려고 운을 뗐다. 한 마디를 채 끝맺기도 전에 엄마는 내 말을 가로막았다. 엄마는 조금도 망설이지 않고 단호하게 말했다.

"두 번 다시 이 얘기는 어디서도 꺼내지 마라."

그러고는 곧장 말이 이어졌다.

"니 오빠는 가정이 있잖니."

그다음 말도 이어졌다.

"이제 와서 뭘 어쩌라고?"

내 편을 안 들어주겠지 하고 짐작은 했지만 말 자체를 막을 줄은 미처 예상하지 못했다. 도대체 무슨 일인지 제대로 알지도 못하면서 그 찰나에 아들부터 보호하는 반응은 어디에서 비롯될까. 너무 기가 막히면 말문이 턱 막혀버리는데, 이때도 그랬다. 한참 동안 어색한 침묵이 흘렀다.

"그래서 죽고 싶고 뭐 그런 거니?"

엄마가 물었다.

"어, 그런 생각도 들어. 엄마, 어떻게 그렇게 말해. 오빠 한 대 때리기라도 해야 하지 않아?"

간신히 쏘아붙였다. 그러자 엄마는 오빠에게 물었다.

"뭔 일이 있기는 있었냐?"

"어릴 때 실수한 적이 있기는 해."

오빠는 '실수'라는 애매한 표현을 써 별 대수롭지 않은 일이라는 듯 대답했다. 침묵만 길게 흘렀다.

엄마 앞에서 시도한 폭로에도 가해자의 태도는 처음부터 끝까지 너무나 태연했다. 내가 목소리를 내서 진실을 말하고, 엄마가 들었다. 그렇지만 무엇도 자기 삶에 위협이 되지 않는다는 사실을 알기라도 하듯 시종일관 안방 바닥에 누워 있었다. 편안히 텔레비전을 보듯이 옆으로 누워서 한 팔로 머리를 괴고 있었다. 너무 꼴 보기 싫어서 똑바로 앉으라고 말했다. 그 한마디가 내 마지막 말이었다. 나를 위한 어떤 반응도 기대할 수 없다는 사실을 확인하고 먼저 방을 나왔다.

다음날 내가 서울로 다시 돌아갈 때까지 엄마는 계속 우울해했다. 나를 위한 우울감이 아니었다. 남편 복은 없지만 자식 셋은 사고 한 번 안 치고 공부 잘하는 사람으로 바르게 키웠다는, 인생에서 가장 큰 자부심이 흔들릴까 봐, 누군가 알면 체면이 깎일까 봐 염려해서 오는 우울감이라고 나는 느꼈다.

"돈만 열심히 벌면 되는 줄 알았는데."

엄마는 이내 자기 연민에 빠졌다. 나를 위한 충격과 슬픔이라면 사건의 진실을 알려 하고 피해자인 나를 도와주려 해야 했다.

힘겹게 용기를 내서 10여 년 만에 언니에게 말했고, 15여 년 만에 엄마에게 말했다. 그렇게 끝이었다. 정확히 무슨 일이 있었는지, 사건이 한 번인지 여러 번이었는지, 그동안 얼마나 힘들었는지 아무도 묻지 않았다. 아무것도 알려 하지 않았다. 가해자에게 어떤 조치도 취하지 않았다. 자살 충동이 든다는 내 말을 분명히 듣고도 신경쓰지 않았다. 가족 모두 모르는 척, 못 들은 척, 내 고통이 세상에 존재하지 않는 척했다.

폭로한 뒤, 가족을 모두 잃은 듯했다

폭로한 뒤에 엄마가 가해자 아들을 보호하기 위해 피해자인 딸의 고통을 외면하는 상황까지 두 눈으로 확인했다. 내 폭로 이후에도 엄마와 언니는 오빠를 비난하지 않았고, 같은 아파트 단지에 살면서 가깝게 지냈다. 그런 모습을 보면서 나는 자연스레 가족들하고 점점 멀어졌다. 정작 가족의 이해와 지지가 절실한 피해자인 나는 늘 외톨이였다. 여간 억울하지 않았다. 성폭력 피해자일 뿐 아니라 순식간에 가족을 다 빼앗긴 미운 오리 새끼나 마찬가지였다.

가족들하고 함께 있을 때 소속감을 느끼기가 점점 힘들었다. 세상 어디에서도 소속감을 느낄 수 없었다. 대학에 들어간 뒤 가족들을 볼 일이 1년에 몇 번 없었지만, 그런 날은 가슴에 방패를 둘렀다. '상처받지 않겠다. 의연하고 어른답게 굴겠다.' 단단히 각오해도 결국 가족들이 던지는 무심한 말과 행동에 상처를 받았다.

혼자 있을 때보다 가족들 사이에 있을 때 오히려 내가 얼마나 외로운 사람인지 뼈저리게 느꼈다. 나를 이토록 외롭게 만든 원흉들이 평온한 얼굴을 하고 바로 눈앞에 있었다. 그러면서도 가족에게 이해받고 사랑받고 싶은 욕심에 자리를 떠날 수 없었다. 그러나 가족이 없는 자취방에 돌아와서야 편안함을 느낄 수 있었다.

이 가족들이 밖에서 악행을 저지르고 다니는 사람들이기 때문은 아니었다. 껄끄러우니까 알면서도 모른 척하겠다는 태도와 피해자인 나를 고려하지 않고 별생각 없이 내뱉는 말들이 문제였다. 내 가족 중 한 명이 성폭행 가해자이고 한 명이 성폭행 피해자라면, 나는 둘을 절대 마주치지 않게 배려할 테다.

명절은 특히 고역이었다. 친척이 많이 모이면 남자들이 먼저 밥을 먹었다. 그러고 나서 남은 반찬에 여자들이 밥과 국만 새로 퍼서 밥을 먹었다. 남자들이 물러난 밥상에 앉으면 그놈이 반찬을 젓가락으로 휘젓는 모습이 떠올랐다. 그런 반찬을 먹는 일은 소름 끼치게 싫었다. 한자리에 둘러앉아 밥을 먹을 때도 곤욕스럽기는 마찬가지였다. 한 공간에서 가해자가 뱉은 숨이 섞인 공기를 마시기도 싫고 가해자의 체취가 남은 화장실을 같이 쓰기도 싫었다. 어린 자녀를 둔 가족들이 방 하나씩을 차지하면 나만 혼자 거실에서 자야 했다. 가해자가 거실을 들락거리며 자는 내 모습을 볼 때면 무방비 상태에 놓인 기분이 들어 밤새 플래시백에 시달리기도 했다.

아무도 나를 배려하지 않았다. 차가운 무심함에 시시때때로 눈시울이 뜨거워져도 참아야 했다. 뜬금없이 운다면서 나를 미친 사람 취급할 게 뻔했다.

성폭력 피해가 고통스러운 이유

사람들은 성폭력 피해자가 순결을 빼앗겨서 수치심을 느끼고 슬퍼한다고 생각한다. 단연코 오해다. 성폭력 피해자가 느끼는 고통은 순결 따위하고 아무 상관이 없다. 도대체 무슨 일인지 정의할 수도 없고 대처하기도 어려운 상태다. 혼돈의 연속이다.

혼돈을 자세히 들여다보면 나타나는 감정은 모멸감과 무력감, 외로움이다. 인권을 지니고 인격을 갖춘 사람으로 존중받지 못하고 지저분한 욕망을 채우는 물건처럼 하찮게 취급당한 뒤 느끼는 강렬한 모욕감이다. 부당한 일을 겪고 나서 상황을 바꿀 힘과 자원이 없을 때 느끼는 좌절감과 무력감이다. 내 어려움과 억울함을 알아주는 사람이 단 한 명도 없는 데서 오는 지독한 외로움과 고립감이다.

사건 전까지 내가 이해하던 세상은 이제 무너지고 없었다. 삶이 절벽에서 떨어진 듯 사건 이전의 나하고 단절된 느낌이 들었다. 원한 적도 없는데 완전히 다른 세상으로 건너왔다. 아무도 믿을 수 없고 어디에서도 안전함을 느낄 수 없는 불신의 땅으로, 상식과 믿음이 산산조각 난 불안한 시간으로 말이다. 성폭력은 정신적 살해다.

딱히 화목한 가정이 아니더라도 내게 안 좋은 일이 생기면 가족들은 내 편을 들어주고 나를 보호해주리라고 믿기 마련이다. 가족에게 살해되지는 않으리라는 당연한 믿음처럼 말이다. 가족 안에서 가해와 피해가 일어나는 친족 성폭력은 이런 당연한 믿음을 산산이 부서트린다.

우리가 아침마다 집 밖으로 나갈 수 있는 이유는 길을 걷다가 누군가가 나를 때리거나 죽이려 들지 않는다는 믿음이 있기 때문이다. 더러 그런 뉴스를 접하지만 직접 경험하기 전에는 어디까지나 나하고 거리가 먼, 확률이 희박한 이야기로 생각할 뿐이다. 적어도 세상이 어느 정도 안전하다고 믿어야 안심하고 밖으로 나갈 수 있다.

인과응보를 믿어야 노력하며 살게 된다. 내가 착하게 살면 벌 받지 않는다는 믿음, 내가 열심히 노력하면 보상이 따른다는 믿음 말이다. 선하고 성실하게 살다가 갑작스레 큰 사고를 당하면 세상을 향한 믿음이 무너져 내리고 혼란에 빠진다.

준비 없이 닥친 불행에 대처하는 요령도 없었다. 그런 요령은 세상을 살아가면서 시간을 두고 차근차근 배우거나 터득한다. 미성년 시기에 닥친 불행은 그저 속수무책이었다. 요령이 없으니 더 깊은 상처로 남는다. 성폭력 때문에 어떤 기회를 놓쳤는지, 무슨 꿈을 잃었는지, 인생에서 얼마나 손해를 봤는지 알 수도 없다. 증명할 수도 없다. 나는 친족 성폭력을 겪지 않은 인생을 살아볼 기회를 영원히 빼앗긴 때문이었다.

그러나 마흔 살 가까운 지금 분명히 말할 수 있는 것도 있다. 부모의 죽음, 이혼, 사업 실패, 실직, 경제적 위기, 절교 등 살면서 크고 작은 시련을 겪었다. 그렇지만 그런 시련이 모두 상처로 남지는 않았다. 미성년일 때 입은 친족 성폭력 피해와 2차 가해로 입은 상처는 나머지 모든 시련을 합쳐도 비교가 안 될 정도로 큰 고통이었다.

친족 성폭력의 고통이 끝나지 않는 이유는 가해자와 내 고통을 외면한 2차 가해자들이 말 그대로 가족이기 때문이다. 반성 없이 뻔뻔히 잘사는 가해자와 가해자를 보호하는 가족들을 보기도 괴롭고, 나를 보호하려면 가족 모임에 가지 않아야 하는데 가지 않아도 괴롭다. 나 없이 자기들끼리 잘사는 듯하다. 내가 알아서 피한다고 말하면서도 배제당하고 버림받은 기분은 어쩔 수 없었다.

죽음으로 내몰고 붙든 엄마라는 질긴 인연

가해자를 감싸는 엄마를 보고 가족하고는 인연을 끊어버리자 결심했다. 그러나 시간이 흐를수록 오기로 가득한 마음도 점점 누그러들었다. 엄마는 암이 재발해서 10년 넘게 투병하고 있다. 유방암으로 시작했는데, 지금은 수술도 할 수 없는 상황까지 왔다.

엄마는 약과 주사를 처방받으러 자주 서울에 있는 병원에 다녀간다. 엄마가 병원 가는 날에는 서울에 사는 유일한 자식인 내가 함께 다닌다. 미워서 외면하고 싶어도 늙고 병든 엄마를 모른 척할 수 없었다. 그렇다고 서운한 마음이 쉬이 풀리지도 않았다. 이러지도 저러지도 못하는 복잡한 마음을 안고 만날 때마다 엄마는 무심코 던지는 한마디 말로 내 속을 긁는다.

엄마의 병은 서서히 나빠지는 쪽으로 진행하고 있다. 시간이 지날수록 병원을 가는 빈도와 병원에서 머무는 시간이 점점 늘었다. 내가 일을 빠지는 날도 함께 늘었다. 수익이 준다. 지출은 는다. 적어지는 수입을 가장 먼저, 가장 자주 비난하는 사람은 원인을 제공하고 있는 엄마다. 엄마를 돌볼수록 나는 무능하다고 비난을 받지만, 엄마를 전혀 돌보지 않는 오빠는 유능한 사람으로 평가받는다.

엄마는 가장 거세게 나를 죽음 가까이 내몬 존재인 동시에 죽을 수조차 없게 붙든 존재다. 철마다 김치를 종류별로 담아 택배를 보내고, 전셋집 구할 때 보태 쓰라고 돈을 부치는 사람, 엄마는 그런 사람이다.

뻔뻔하게 잘만 사는 가해자

스스로 내게 정서적 문제가 있다고 여기지만 다른 사람에게는 드러내 보이고 싶지 않았다. 더 괜찮은 척, 성격 좋은 척하며 살았다.

'다 잊고 나도 이제 내 인생 살아야지.'

'취업하면 괜찮아져. 좋은 남자 만나 결혼하면 괜찮아 지겠지. 아이를 낳으면 다 이해할 수 있어.'

'몇 년만 지나면 괜찮아지겠지.'

'계속 생각하고 어디다 말해봐야 나만 손해야.'

'이제는 거의 다 극복했어.'

아무리 나를 달래고 주문을 외도 헛수고였다. 끔찍한 기억은 잊히지 않았고, 마음의 고통도 끝이 보이지 않았다. 조금 괜찮아지다가 다시 침잠할 때는 익숙한 감정이 돌아온 순간일 뿐인데 늘 힘에 부쳤다. 24시간 지속되던 플래시백 현상이 점점 뜸해지기는 했다. 그렇지만 가해자 오빠와 오빠를 감싸기만 하는 엄마를 향한 원망은 시간이 지날수록 더 커졌다. 나이들고 성숙해질수록 그 일이 얼마나 끔찍한 일인지 더 정확히 알게 됐다.

우울, 무기력, 죄책감, 억울함, 외로움, 불안, 탈진한 느낌 등이 20년 넘게 내 마음과 몸을 지배한 주된 정서였다. 힘든 감정들을 품고 살다보니 젊은 사람답지 않게 아픈 곳도 많았다. 만성 불면증, 두통, 근육통, 위경련, 탈모, 온갖 염증성 질환을 달고 살았다. 새벽에 위경련이 얼마나 자주 일어났는지 집 근처 병원 응급실 직원이 또 오셨냐면서 얼굴을 알아볼 정도였다.

　나는 이렇게 인생이 뿌리째 흔들리며 힘들고 어려운데, 가해자는 결혼하고 아이 낳고 잘만 산다. 뻔뻔한 성 범죄자에게 어울리지 않는 번듯한 직업을 얻고, 집을 사고, 집을 하나 더 사고, 차를 사고, 따뜻한 우정을 나누고, 취미 생활을 하고, 현재를 즐기고 있다. 승진을 바라고, 연금과 안정된 노후를 보장받는 더 좋은 미래를 꿈꾸고 있다. 무탈하고 만족스럽게 자기 삶을 꾸려가는 소식을 전해 들을 때마다 마음속 단단하고 무거운 돌덩이 같은 응어리는 더 커졌다.

　조용하던 사람이 갑자기 칼부림을 일으키는 상황이 이해될 때가 있다. 아무에게도 공감을 못 받고 인생에서 실패만 반복해 경험할 때, 자기 성찰을 못하고 부정적 감정들을 건강하게 표현하지 못할 때, 나도 그럴지 모른다. 나도 언제고 가해자를 죽이고 감옥에 가겠다고 작정할지도 모른다. 그러면 나는 친족 살해범이 된다. 아직은 내 인생까지 파괴하는 그런 복수는 하고 싶지 않다. 다만 내 삶을 건강하게 재건하고 싶을 뿐이다.

4.

심리 상담

상처를 직면하다

30대 후반, 다시 심리 상담을 시작하다

20대에 몇 번 심리 상담을 했지만 꾸준히 이어가지 못했다. 시계만 쳐다보는 성의 없는 태도에 실망하거나, 나보다 더 긴장하고 당황하는 모습에 전문성이 느껴지지 않아 한두 번 가다가 포기하고 말았다. 내게 맞는 상담사를 만나지 못한 탓일 수도 있다.

"우울증이 심하시네요."

정신과 의사는 약을 권했다. 내가 우울증이 심한 줄 몰라서 여기 왔을까. 겨우 내놓은 진단이 우울증이라니 실망했다. 처방받은 우울증 약은 왠지 거부감이 들었다. 상담사의 실력이나 정신과 진단이 아니라 문제를 다룰 준비가 안 된 내가 걸림돌이었는지도 모른다.

문제를 빨리 해결하고 싶은 조급함도 지속적인 상담을 방해했다. 20대에는 1회 상담료 5만 원이나 7만 원이 큰돈이라 한두 번 상담으로 극적인 변화가 일어나기를 바랐다. 복잡한 문제가 그렇게 순식간에 해결될 리 없었다. 몇 번 시도해도 효과가 눈에 띄지 않자 심리 상담은 소용없더라는 편견만 생겼다. 혼자 해결해보려는 태도만 더 강해졌다.

30대 후반에 인생의 전환점이 되리라 기대하며 결혼을 했다. 결혼 생활은 오래 지나지 않아 파국으로 치달았다. 남편하고 불화가 심해지면서 마음이 힘들어 10여 년 만에 심리 상담을 다시 시작했다.

H 상담사를 만나기로 했다. 상담 일정을 잡고 상담 사연을 길게 적어 메일로 보냈다. 대부분 심리 상담은 미리 사연을 적어 보내지 않는다. 상담사에게 보낸 사연은 '이혼하고 싶은데 해도 될까요'라는 질문으로 요약할 수 있었다. 그때는 과거 상처보다 현재 문제가 더 고통스러웠다. 이대로 결혼 생활을 유지하다가는 마음이 병들고 많지도 않은 전세금까지 남편이 벌이는 일을 수습하는 데 허비될 게 불 보듯 뻔했다.

더는 시한폭탄을 안고 사는 기분으로 매일을 살 수 없었다. 마음은 거의 이혼으로 기울었는데 믿을 만한 사람이 확인 도장을 찍어주기를 바란 듯하다. 미련 없이 이혼을 원하고 있다는 사실을 상담으로 선명하게 알 수 있었다. 또 자기 비하와 자책이 얼마나 심한지 깨달았다. 심한 자기 비하와 자책이 연애와 결혼에 부정적인 영향을 반복해서 끼친 점도 알 수 있었다. 나는 자기 인식이 부족했다. 내가 어떤 사람인지, 무엇을 가장 중요한 가치로 생각하는지, 내 장점과 단점은 무엇인지 몰랐다. 이 현실이 모든 문제의 원인이라는 사실을 수긍할 수밖에 없었다.

이미 별거를 하고 있는데도 이혼은 못 한다고 몇 달을

버티던 남편은 내 확고한 태도에 점점 현실을 받아들였다. 경제적 손실에 책임을 묻지 않을 테니 협의 이혼으로 빨리 서류를 정리하자는 내 말이 결정적이었다. 남편은 못 이기는 척 동의했다.

결혼보다 설레는 이혼

'내일 이혼합니다. 결혼 전날보다 더 설레네요.'

협의 이혼 판결에 필요한 2차 법원 출석을 앞두고 다이어리에 적은 글귀다. 부부 두 사람 모두 두 번 법원에 출석해야 한다는 생각보다 어려운 조건을 충족시키고 남편하고 완벽한 남이 됐다. 남편을 돌보거나 남편하고 싸우느라, 남편한테 벗어나느라 쓰던 시간과 에너지를 이제는 온전히 나를 위해 쓸 수 있었다. 다시 혼자가 됐지만, 외로움보다 홀가분한 마음이 컸다. 이혼을 결심하기까지 얼마간 망설인 일이 머쓱할 정도였다. 고독은 자유의 다른 이름이었다. 내게 집중할 수 있는 선물 같은 시간을 잘 쓰고 싶었다.

이혼은 불행한 상태에 머무르지 않고 적극적으로 나를 구조했다는 의미이면서 더는 아무도 나를 함부로 대하도록 내버려두지 않겠다는 선언이자 실천이었다. 그래서 이혼이라는 이력이 나를 고통스럽게 하지는 않았다. 그렇다고 이혼이 여기저기 자랑할 거리도 아니어서 씁쓸한 기분은 어쩔 수 없었다. 그렇지만 이 경험에서 뭔가 배우려고 애를 썼다. 물질적이나 정서적으로 값비싼 대가를 치른 결혼과 이혼을 겪고도 아무런 깨달음을 얻지 못하면, 나쁜 패턴을 또 반복한다면, 그런 상황이야말로 최악이다. 잘못을 반복하지 않고 내가 배운 깨달음을 잊지 않으려 글을 쓰기 시작했다.

서른 살부터 지금까지 지나온 시간을 생각해보니 어디로 가는 줄도 모르면서 열심히 뛰어온 느낌이다.

'내 인생이 왜 이렇게 됐지?'

이혼한 뒤 의문을 피할 수 없었다.

'이제는 열심히 사는 정도만으로 안 돼. 현명하게 살고 싶어. 내가 서 있는 곳의 좌표를 알고 싶어. 나라는 사람을 알고 싶어. 왜 번번이 직업에서 인간관계에서 실패하는지 알고 싶어.'

답은 몰라도 결심했다.

전문가가 아니어도 치유하는 사람

몇 년 전 독서 모임에서 만난 S 언니하고 우연히 연락이

닿았다. 지적이고 사교성까지 갖춘 S 언니는 모두 친해지고 싶어하는 사람이었다. 자기 탐색에 관심이 많아 독서, 꿈 작업, 여성주의 모임 등을 꾸준히 하는 그림 작가다.

어두운 사연이 남에게 부담을 줄까 봐 내 얘기를 다른 사람들에게 좀처럼 하지 않았지만, 왠지 언니를 만나서 많은 이야기를 할 수 있겠다는 생각이 들었다. 이제는 나도 제대로 이야기할 수 있고 언니도 왠지 내 얘기를 들어줄 듯했다. 언니를 만나 서로 왕래가 없던 몇 년 동안 지낸 근황과 가족에게 받은 상처와 최근 심리 상담 경험 등을 이야기했다. 언니는 나보다 더 분개하고 같이 울며 공감했다. 내 피해 경험을 듣고 처음으로 눈물을 흘린 사람이었다. 고통이 공감받을 수 있다는 사실을 확인하는 경험을 선물한 언니는 나에게 이미 치유자였다.

살면서 어려운 고비를 맞을 때마다 원인을 찾다 보면 결국 또다시 친족 성폭력 상처라는 자리로 되돌아오는 패턴을 반복했다. 육지에 닿으려고 열심히 노를 저어도 망망대해 한가운데 늘 제자리인 듯해 속상했다. 언니는 친족 성폭력을 최초로 폭로하는 때가 평균 마흔 전후라는 이야기를 들은 적이 있다고 했다. 늦지 않았다고, 글쓰기만으로 충분하지 않아 보이니 여성주의 심리 상담도 받고 동성의 지지 집단을 만들어야 한다고 조언했다.

"너는 매력적이고 자기 성찰적인 사람이고, 건강하고 강한 사람이야."

그 만남은 큰 위로가 됐다. '내가 늦지 않았구나. 어쩌면 마흔 즈음인 지금이 이 문제를 정면으로 마주할 힘이 생기는 시기구나. 나만 이렇게 오래 힘들어하는 게 아니구나. 자책은 그만하고 할 수 있는 일은 다 해보자. 여러 방향으로 뭐라도 하다 보면 출구가 보이겠지.' 다시 힘을 내고 추진력을 얻을 수 있었다.

변화를 위한 준비물

여성주의 심리 상담을 시작하기 전에 내가 이미 회복하는 중이라는 사실을 알고 있었다. 이혼도 몇 달 진통을 겪었지만 협의 이혼으로 잘 마무리했다. H 상담사하고 상담한 뒤 심각한 자기혐오의 늪에서 빠져나왔다. 그런데 굳이 여성주의 심리 상담을 더 받아야 하나 고민했다.

'벌이가 많지 않은데 돈 쓰고 시간 쓰고 헛짓이 되면 어쩌지. 달라지는 게 없으면 어쩌지.'

돈까지 내면서 신세 한탄을 하는 듯해 의미가 있는지 의심스러웠다. 그때 나는 심리 상담을 소비자와 판매자가 공감을 사고파는 관계라고 치부했다. 그러나 이번에는 제대로 하기로 한 만큼 급한 불만 끄지 말자고 다시 각오했고, 상담을 받기로 했다.

마흔을 앞두고 다시 시작한 심리 상담은 분명 달랐다. 여성주의 심리 상담을 경험하자 더 깊이 치유되고 한 차원 성장했다. 이런 변화에는 몇 가지 준비물이 필요했다.

첫째는 달라지고 싶은 간절함이다. 이전에도 달라지고 싶은 마음이 있었고, 늘 부정적인 감정에서 벗어나려 발버둥 쳐왔다. 이번에는 사뭇 달랐다. 숨만 붙어 있는 삶, 살아 있는 시늉만 하는 삶이 아니라 진짜 내 삶을 살고 싶었다. 변화가 두렵고 낯설어서 익숙한 불행에 머무르지 않았는지 뒤돌아봤다.

둘째는 익숙한 나를 버리고 전혀 다른 내가 될 각오다. 그동안 내가 익힌 생존 노하우가 다 무용지물이 되더라도 상관없었다. 살던 대로 살기 싫었다. 이렇게 살다 죽으면 너무 억울하다, 내 문제가 뭔지 정확히 알아야겠다고 다짐했다. 괜찮은 척하기, 몰두할 대상 찾기, 별일 아니라고 생각하기, 잊으려 노력하기 등 내 상처를 외면하고 도망치는 일들은 20년 넘게 다 해봤다. 그런 방법은 소용이 없었다. 남은 일은 정면으로 마주하기뿐이었다. 내 인생은 내가 구원해야 했다. 감히 치열하다는 표현을 쓸 수 있을 만큼 모든 수단을 동원해서 치유에 집중했다.

상처를 직면하기

30대 초반 몇 년간 셰어하우스에서 친구들과 함께 살았다. 어느 날 한 친구가 한국성폭력상담소에서 연 성폭력 생존자 말하기 대회에 다녀왔다고 했다. 친구는 용기를 낸 피해자들이 대단하다고 말하면서 한편으로 이렇게 말했다.

"그깟 순결이 뭐 대단하다고 그렇게까지 울 일이야."

'순결을 잃어서 슬픈 게 아닌데' 속으로만 생각할 뿐 밖으로 말할 방법을 몰랐다.

그때는 피해자가 어떤 상태인지를 피해 경험 없는 사람에게 설명하는 기술이 전혀 없었다. 적절한 표현 방법을 찾지 못한 탓이 아니라 제대로 알지 못한 탓이었다. 그렇지만 피해자가 느끼는 고통을 이해하지 못하는 그 친구를 원망하지 않았다. 나도 내가 겪지 않은 고통을 이해하기 어려웠다. 막연히 억울해하고 우울해하고 잊으려고 할 뿐 내 고통을 깊이 사유하지 못한 사실을 그때 알았다.

5~6년 전 꾼 꿈이 아직도 기억난다. 꿈속에서 나는 성폭력이 일어난 예전 집 안에 있다. 도배를 새로 해서 깨끗해진 흰 벽을 둘러본다. 그런데 장롱 자리쯤, 벽과 벽이 만나는 모서리에 한 폭 정도 벽지가 모자라다. 새 벽지를 바르지 않아 누렇게 때가 탄 예전 벽지가 남아 있다. 이 꿈이 보내는 의미를 금방 눈치챘다. 상처를 보기 좋게 가린

뒤 덮고 견딜 정도로 봉합했다는 의미였다. 그러나 그때는 '남들도 헌 벽지 위에 새 벽지를 덧바르잖아. 그게 관행이잖아. 남들도 다 그러고 사는데 뭐가 나빠. 거의 다 바르고 조금 남았잖아'라며 그 꿈을 무시했다. 상처를 들여다보는 일이 얼마나 중요한지 확신하지 못했다. 퇴행이라고 여겼다. 일도 더 잘해야 하고 연애도 해서 결혼도 해야 하고 앞으로 나아가고 발전해야지 퇴행할 시간이 없다고 생각했다.

상처를 직면할 수 있는 좋은 기회를 두 번이나 놓쳐버렸다. 그때 상처를 제대로 들여다봤다면 몇 년 일찍 다른 인생을 살았을지도 모른다. 돌아가는 길처럼 보이지만 사실 가장 빠른 길이 아니었을까. 마흔을 앞두고 더는 피하지 말고 미루지 않고 정면으로 맞서기로 했다. 이제는 내게 그럴 힘이 있다고 믿어보기로 했다.

'핑계 대지 마.'

나 스스로 몇 천 번, 몇 만 번 이미 한 말이다.

'너 언제까지 그 핑계 댈 거야. 그 핑계로 아무 일도 안 하고, 왜 또 핑계 뒤에 숨어.'

얼마나 자책했는지 모른다. 지금은 확실히 말할 수 있다. 상처를 직면하는 일은 또다시 상처를 핑계 삼는 일이 아니다. 오히려 상처가 다시는 어떤 핑계도 되지 못하게 만드는 일이다. 상처를 방패 삼아 숨어서 '상처 때문에 나는 할 수 없어요' 하고 자기 합리화를 강화하는 작업이 결코 아니다. 상처를 들여다본다고 해서 그때 감정에 수동적으로 매몰되지 않는다. 퇴행도 아니다. 억압하던 기억과 감정을 하나하나 자세히 관찰하고 분석하는 매우 이성적인 사고 과정이다.

내 상처를 내가 다 알고 있다고 생각했다. 기억하고 직접 경험한 일이니 다 안다고 말이다. 그러나 아니었다. 나에 관해, 내 상처에 관해 나를 거의 알지 못했다. 단 한 번도 깊이 들여다보지 못했다. 평생 외면하고 억압했다. 상처의 실체를 마주하는 방법을 몰랐다. 깊이 들여다보면 어떤 마법이 펼쳐질지도 몰랐다. 심리 상담은 끊임없는 자기 발견의 과정이었다.

여성주의 심리 상담을 만나다

S 언니가 소개한 여성주의 심리 상담사를 만나 상담을 시작했다. 한국여성의전화 홈페이지를 보면, 여성주의 심리 상담이란 여성 내담자를 가부장제 사회에서 성차별에 억압당한 존재로 이해하고 상담하는 상담 치료 기법을 말한다. 여성주의 상담은 모든 문제가 자기한테서 비롯된다는

전통 상담 치료의 개인적 관점을 거부하고 내담자의 문제를 사회적이고 문화적인 측면에서 거시적으로 접근한다.

첫날, 상담 목표를 세웠다. D 상담사는 상담을 마무리할 즈음 물었다.

"상담을 통해 이루고 싶은 목표가 있다면 뭘까요?"

나는 이런 요지로 대답했다. 물론 한 번에 깔끔하게 대답하지는 못했다.

"사실 가해자보다 엄마에게 받은 상처와 원망이 더 크거든요. 여전히 엄마에게 이해받고 사랑받고 싶은 욕구도 있고요. 어쩌면 엄마한테 내 고통을 증명하느라 내 인생을 스스로 망치고 있다고 생각해요. 바보 같은 짓이라고 생각해요. 엄마에게 받은 상처와 원망 해결하기, 엄마의 말과 행동에 영향 덜 받기, 이렇게 목표를 세울 수 있어요."

대답하면서 놀랐다. 성폭력 트라우마를 치유하려 상담을 한다고 생각했다. 그런데 가해자에게서 온 상처와 엄마에게서 온 상처를 분리하고, 더 본질적인 문제와 상처는 엄마하고 맺은 관계에 있다고 말하고 있지 않은가. 무의식은 가장 시급하고 절실한 요구가 뭔지 이미 알고 있었다. 그리고 이제 나는 제대로 인식하게 됐다.

엄마는 너무 복잡하다. 가해자인 오빠하고는 오래전에 인연을 끊고 투명 인간으로 취급하며 살았다. 철저히 거리를 두자 오롯이 비난하는 마음을 가질 수 있었다. 그런데 엄마는 상처받은 기억과 원망과 연민과 이름 붙이지도 못한 온갖 감정이 켜켜이 쌓이고 뒤섞여 복잡했다. 그런 마음을 안은 채 엄마를 정기적으로 만나고 엄마가 내뱉는 폭력적 언어를 견뎌야 했다. 나는 성폭력 피해가 아니라 주 양육자이면서 2차 가해자인 엄마하고 맺은 관계에서 상처를 더 많이 받았다. 지금도 상처가 아물기 전에 새로운 상처가 생기는 중이라고 알고 있구나, 표현하지 않아서 정확히 인식하지 못하고 있구나 하고 자각했다.

D 상담사는 꿈 작업까지 병행해서 매주 꿈 일기도 적기로 했다. 첫 상담을 마치고 집에 돌아오니 식욕이 엄청나게 폭발해 이것저것 많이도 먹었다. 상담한 뒤에 몸이 아프거나 다른 신체 반응이 나타날 수 있다고 상담사가 미리 알려줘서 낯선 신체 증상을 걱정하지는 않았다.

두 번째 상담부터 상처를 더 깊고 자세히 이야기했다. 특히 객관적 사실뿐 아니라 내가 느낀 감정을 깊이 들여다보고 인식하는 작업이 뒤따랐다. 상담사는 질문하고 경청하고 공감하면서 치유의 훌륭한 동반자가 됐다. 내가 통념에 갇혀 가부장적 시선으로 사고할 때는 여성주의 시각으로 교정해주지만 정답을 주입하려 하지는 않았다. 조급해하지 않고, 내게 문제를 해결할 힘이 충분히 있다고 믿어주면서, 스스로 문제를 찾고 해결책을 발견하도록 도왔다.

무엇보다 여성주의 상담을 하면서 이런 과정 자체가 강렬한 체험이라는 사실을 느꼈다. 안전한 공간에서 믿을 수 있는 사람에게 나를 억압하던 감정들을 충분히 꺼내 놓았다. 울기도 많이 울었다. 내 언어로 상처의 본질을 더 정확히 인식할 수 있었다. 동시에 내 고통이 이해받고 공감받을 수 있다는 체험을 온몸으로 반복했다. 내 경험을 의심 없이 믿어주고, 내 회복을 지지하고, 같이 분노하고, 나를 더 알려는 사람이 내 앞에 있다는 경험 자체가 치유 과정이었다.

엄마를 연민하면서도

내 처지에서 생각하고 내 감정을 드러내는 데 가장 큰 장애물은 엄마를 향한 연민이었다. 습관처럼 나를 제쳐두고 엄마 처지에서 먼저 생각했다. 어릴 때부터 그랬다.

"한편으로는 엄마도 힘들었잖아요."

"그래도 엄마는 아빠처럼 무책임하지 않았잖아요."

"공장이나 식당에서 힘들게 일하면서 자식들을 키웠는데, 엄마를 미워하려니 죄책감이 들어요."

나는 계속 엄마가 하는 주장을 대변했다. D 상담사는

아무리 힘들어도 모든 부모가 자식한테 그러지는 않는다고, 남 얘기 하듯 말하지 말고 자기 처지에서 돌아보라고 여러 차례 교정해줬다.

의식적으로 엄마를 향한 연민과 미안함을 접어두고 나한테 집중했다. 다시 어린 시절 내가 돼 엄마가 얼마나 모질게 굴었는지 자세히 말했다. 폭력과 폭언, 차별, 방임, 2차 가해 등 깊숙이 묻어둔 기억들이 하나씩 떠올랐다.

비로소 더 깊은 곳에 도사린 감정을 만날 수 있었다. 분노였다. 가족 간에 품을 수 있는 바람직한 감정이 아니어서, 엄마에게 사랑과 인정을 받으려면 분노하면 안 돼서, 내가 분노를 다룰 정도로 충분히 성숙하지 못해서 등 여러 이유 때문에 계속 무의식적으로 분노를 무시하고 억압해온 사실을 알게 됐다.

그렇게 억압해온 분노라는 감정을 처음 인식한 때는 몇 년 전 택시 안이었다. 엄마가 병원 검진을 하러 서울에 오면 늘 하던 대로 고속버스 터미널에서 만났다. 평소처럼 병원으로 가는 택시 안에서 근황을 이야기했다.

"오빠네는 지난 주말에 캠핑을 갔다 왔대. 오빠는 지금 행복하다고 하더라."

당황했다. 도대체 어떻게 그런 말을 나한테 할 수 있을까. 그러나 대꾸하지 못했다. 엄마는 벌써 세 번째 암에 걸린, 남편 복이 없어 평생 고생만 한 늙고 불쌍한 여자이기 때문이었다. 오빠와 내가 화해하기를 바라는지, 내가 그 일을 잊고 있나 떠보는지 알 수 없었다. 행복하다고 말한 그놈과 그 말을 나한테 전하는 사람에게 느끼는 살기를 엄마는 짐작도 못 하는 듯했다.

분노의 씨앗

엄마는 기억도 못할 이 말은 내 마음에 '분노의 씨앗'이 되고 말았다. 가해자가 조금이라도 죄책감을 품고 살겠지 생각했다. 나는 평범한 일상을 20년 넘게 잃어버리고 지금도 회복하려 날마다 애쓰며 노력하는데 가해자는 삶이 행복하다니. 충격이 컸다. 속에서 불이 난다는 기분이 이렇구나 하고 실감했다. 나 혼자 참는다고 해결되는 문제가 아니었다. 상처를 표현하지 않고 참는 방식은 전혀 해결책이 되지 않는다는 사실을 뼈아프게 깨달았다.

내가 정서적으로 분리되고 경제적으로 독립한 상태라고 생각했는데, 착각이었다. 여전히 엄마에게 사랑과 인정을 받고 싶은 기대가 남아 있었다. 그래서 엄마가 하는 폭언에 단호하게 싫은 소리 한마디 못 하는 상황이 계속되고 있었다. 좀 이상했다. 다 늙은 엄마 앞에서 내 마음은 아직도 매 맞는 어린아이다. 이제 달라질 때가 됐다.

심리 상담을 몇 번 거치고 나서야 '엄마는 나쁜 부모, 무식한 여자, 돈밖에 모르는 속물'이라고 표현할 수 있었다. 그 말을 내뱉기가 그렇게 힘들었다. 엄마를 나쁘게 생각한다는 사실을 인정하거나 표현하기만 해도 '괘씸한 년' 소리를 들으면서 버려질지 모른다는 공포가 무의식에 있었다. 깊이깊이 숨겨두고 외면하던 감정을 드러내는 경험을 하니 엄마에게 품은 분노와 원망이 가해자를 감싼 일 말고도 뿌리가 아주 깊다는 사실을 알았다. 엄마라는 통념적인 이미지 때문에 혼란스러웠지만, 엄마라는 호칭만 떼어놓고 보면 그 여자의 잔인함이 더 선명하게 보였다.

딸이 오빠가 저지른 성폭력 때문에 자살 충동이 있다고 말하는데도 모른 척하는 엄마에게 따져 묻고 싶다.

"있는 사실이 모른 척한다고 없어져? 체면이 내 목숨보다 중요해?"

성폭력 전 이미 비참한 아이

가정 환경은 남들보다 좀 나쁜 정도이고 성폭력 트라우마가 가장 큰 문제라 여기며 살아왔는데, 상담하면서 그게 아니었다는 사실을 알 수 있었다. 성폭력이 있기 전 더 어릴 때부터 이미 나쁜 어른들만 득실거리는 환경에서 비참한 아이로 자란 시간이 더 큰 문제였다.

성폭력은 그런 환경의 연장선에서 벌어진 사건일 뿐이라고 D 상담사는 말했다. 오빠 성폭력 피해자들은 대부분 엄마에게 말을 못 한다고 한다. 피해자를 보호할 만한 부모라면 애초에 오빠가 그런 시도를 못 하기 때문이다. 내가 느끼듯 오빠라는 인간도 내게 보호자가 없다고 무의식적으로 알기 때문에 그런 짓을 할 수 있었다.

폭력적인 엄마하고 다르게 아빠는 나를 꽃으로도 때린 적이 없다. 아빠는 아무것도 하지 않는 방식으로 나를 학대했다. 아빠의 자리는 늘 비어 있었지만 서류상에는 존재했다. 우리 가정은 언제나 '정상 가정'으로 분류되는 바람에 외부에서 어떤 도움도 받지 못했다.

오빠 성폭력에 더 빨리 더 적극적으로 현명하게 대처하지 못했다고 계속 자책했다. 피해 사실을 오랫동안 가족에게 말하지 않아서 고통이 더 커지지는 않았는지 내지난 행동에 확신이 없었다. 서른아홉 살이 된 지금 다른 질문을 해본다. 그때 내게 현명한 대처, 옳은 행동이라는 선택지가 있기는 했을까?

내가 정말 원한 선택지는 안전해지는 것, 보호받는 것, 더는 상처받지 않고 나이에 맞게 성장하는 것, 친족 성폭력이 애초에 시작되지 않는 것이었다. 새로 자른 앞머리가 마음에 들지 않는다는 소소한 고민을 아주 진지하게 하는 친구들처럼 평범한 일상을 살 수 있기를 절실히 원했다. 오빠 가해자가 본인의 호기심을 채우겠다고 호시탐탐 기회를 엿보다 끝내 여동생을 성폭행하겠다는 그 사악한 의지를 행동으로 옮길 때 내가 바란 안전이라는 선택지는 존재하지 않았다.

엄마에게 말하기가 내가 더 안전해지는 방향인지 확신할 수 없었다. 내가 보호받고 오빠가 비난받을 수 있다는 기대를 전혀 할 수 없었다. 엄마에게 말하면, 엄마가 오빠만 감싸거나 엄마가 집을 떠나거나 내가 집을 떠나야 하는 위험에 놓일 수 있었다.

열네 살 나는 두려운 상황이 현실로 일어날 확률이 압도적으로 높다는 사실을 직감으로 알고 있었다. 가족에게 말할 때 더 상처받을 수 있다고 직감했다. 더 큰 위험에 내몰릴 수 있다는 공포에 질식하고 얼어붙었다. 나는 침묵할 수밖에 없었다. 침묵을 선택하기보다는 침묵해야 하는 상황을 그저 받아들일 수밖에 없었다.

집안 형편이 훨씬 나아져도 엄마는 내 피해를 들으려 하지도 않고 오빠를 보호하는 데에만 급급했다. 인생에서 가장 힘든 때에 집에서 일어난 성폭력 사건을 들었다

해도, 그런 엄마가 내 편을 들어줄 리 없었다.

중학생 때는 성폭력 피해자를 돕는 단체가 있다는 정보를 몰랐다. 가출하면 더 험한 일을 겪게 될까 봐 두렵기만 했다. 20대 내내 심리적으로 나락으로 떨어질 때마다 자살로 생을 마감하거나 성매매 여성이 될지 모른다는 공포가 나를 따라다녔다. 차라리 성매매 여성이 될까 하는 충동까지 느꼈다. 20대의 나는 인생의 모든 영역에서 무엇 하나 제대로 해내지 못하는 사람이었다. 대학교는 간신히 진학하지만 대학 생활도, 대학교를 졸업하고 이어진 직장 생활도 엉망이었다. 직업 역량을 키우지 못했고, 먹고 자고 씻는 기본 생활조차 뒤죽박죽이었다. 친구들은 나를 견디다 못해 조용히 멀어져갔다.

반면 내게 값어치 있는 것은 몸밖에 없다고 여겼다. 남자들에게 젊은 여자의 몸이 얼마나 매혹적인지가 성폭력이라는 충격적인 방식으로 각인된 탓이었다. 생계를 유지할 수단은 몸 파는 일밖에 없다는 극단적인 생각까지 하기 시작했다. 성매매가 나를 더 비참하게 만들 게 분명하지만 내가 어울리는 세상은 그런 곳이라고, 나처럼 한심한 인간은 그렇게 벌을 받아야 한다고 느꼈다. 하나씩 탈출구를 찾고 끝내 회복되는 30대의 나를 20대의 나는 전혀 알 수 없었다. 우습지만 성매매 여성이 될지 모른다는 공포는 세월이 흘러 성매매 여성으로 환영받기 힘든 나이가 되자 자연스레 사라졌다.

이런 공포는 나만의 과대망상이 아니라 그때까지 내가 접한 사회적이고 문화적인 단서들을 직감한 결과였다. 학교 수업에서 화냥년의 유래를 들은 적 있다. 전쟁통에 끌려갔다 가까스로 고국에 돌아온 여성들은 순결을 잃고도 살아 돌아왔다며 손가락질을 받았다고 배웠다. 선생님은 그런 일이 부당하다고 말하지 않았다.

말로 표현한 적도 없고 구체적으로 따져보지 못했지만, 폭로하고 가족에게 외면당한 뒤 가출해서 성매매 여성이 되거나 고단한 인생을 살지, 아니면 침묵하고 대졸 여성이 될지 골라야 했다. 나는 무의식중에 후자를 택했다.

결과적으로 시간이 흘러 나는 끔찍한 비밀을 혼자 간직하고 사는 경우와 위험을 감수하고 엄마에게 말하는 경우를 모두 살아본 셈이다. 어떤 경우가 더 끔찍한 결과를 낳았는지 가늠하기 어렵다. 두 경우 모두 고통스러운 삶이라는 점이 중요했다. 지금 와서 생각하니 '그때 현명하게 대처하면 상처받지 않았을지도 몰라'라는 생각은 환상에 가까워 보인다. 만약 내 생각하고 다르게 달리 현명한 대처 방법이 있는데도 내가 미숙하게 대처해서 더 고통스러운 삶을 살게 됐다고 해도, 나는 이제 나를 그만 책망하고 싶다. 미성년자가 미성숙한 건 너무도 당연하니까. 이 끔찍한 경험에서 느낄 죄의식은 가해자의 몫이니까.

죽여도 모자라는 분노

예전에는 성폭력을 다루는 뉴스나 영화는 일부러 멀리했다. 견딜 만하게 진정시킨 감정과 일상이 흔들릴지 몰라 두려웠다. 철저히 외면하는 태도 때문인지 친족 성폭력 당사자인데도 평범한 사람들보다 성범죄에 관한 개념과 상식이 부족했다. 그래서 나를 더 위험에 빠트리기도 했다.

상처를 직면하기로 굳게 마음먹은 뒤로 눈길이 가는 대로 성폭력 관련 자료를 찾아서 봤다. 에스비에스(SBS)에서 방영하는 〈그것이 알고 싶다〉 1193회 '부성애의 두 얼굴, 나는 아버지를 고소합니다'도 그중 하나였다. 미성년 시기에 아버지에게 지속적으로 성폭력을 당한 피해자는 일본으로 이민을 갔다. 그 여성은 한국에 있으면 살인자가 될까 봐 무섭더라고 말했다.

상담사에게 살인자가 될지 모른다는 피해자의 심정이 이해된다고 말했다. 나도 가해자를 마주칠 때마다 내 안에서 살기가 느껴졌다. 우발적으로 가해자를 죽이려다가 내가 죽거나 가해자를 마침내 죽이고 감옥에 갈까 봐 무서울 때가 있었다. 상담사는 예상하지 못한 질문을 던졌다.

"복수한다면 어떻게 하고 싶나요?"

나는 대답했다.

"칼로 찔러 죽이고 싶어요."

상담사는 다시 물었다.

"칼로 찔러 죽이면 마음이 좀 풀릴 수 있을까요?"

생각해보니 그렇지 않았다.

"죽여도 마음이 풀리지 않을 것 같아요."

상담사는 내가 느끼는 분노의 크기를 정확히 인식할 수 있게 정리해줬다.

"죽여도 모자랄 정도인 분노군요. 정당한 분노예요."

그 표현이 너무도 적절해서 선명하게 가슴에 새겨졌다. 이제는 가해자를 향한 내 분노가 명확하게 보였다.

'내 분노가 가해자를 죽여도 모자랄 만큼 컸구나. 그런데 다 억누르고 살았구나. 힘들만 했구나. 정당한 분노지. 그렇고 말고.'

'힘들만 했구나'는 나한테 꼭 필요한 말이었다. 내가 내게 여러 번 이 말을 해줬다.

'힘들만 했구나. 힘들만 했구나. 이렇게 큰 분노를 그러면 안 된다고, 나쁜 마음 먹으면 안 된다고 억누르기만 했구나. 그러니 이제 오래 힘들어한다고 자책하지 말아야지.'

나를 조금 용서했다. 어떻게 그 괴로운 마음을 부여잡고 입시 공부를 했을까. 그때는 그렇게 버티는 내가 한없이 부족하다고 여겼는데, 이제는 그때의 내가 달리 보인다.

그때는 무의식적으로 탈출하려 노력했다. 대학에 가서 쉬지 않고 아르바이트하면서 생활비를 벌었고, 2학년부터 두어 번 장학금도 받으면서 졸업했다. 직장에 다니고, 1년 치 학자금 대출도 갚고, 바쁘게 살았다. 지금은 이렇게 자기 성찰까지 하게 됐다. 항상 자포자기하며 살지 않았다. 나조차 인정하지 않는 시간에 애쓰며 살았구나 하는 생각이 처음으로 들었다. 자연스레 대견한 마음이 우러났다.

가해자를 용서하는 일보다 자기를 용서하는 일이 더 중요했다. 더 급하고 가장 어려운 과제이기도 했다. 가해자를 죽이고 감옥에 갈까 두렵다는 이야기를 하다가 나를 용서하게 될 줄은 몰랐다. 이래서 심리학은 그림자 안에 선물이 있다고 하나 보다.

엄마가 왜곡한 자아상들

상담을 하면서 어릴 때 내가 만든 자아상을 하나씩 찾을 수 있었다. 필요 없는 아이, 비참한 아이, 고아만도 못한 아이, 희생하고 참는 아이, 순종하는 아이, 구박받는 아이, 원하지 않는 아이, 귀찮은 존재, 손 안 가는 아이라는 자아상이었다. 내가 나라고 믿게 된 모습들이었다. 나를 억지로 끼워 맞춰야 한 가족 안에서 내가 맡은 역할들이었다. 어릴 때 만들어진 이런 부정적 자아상을 그대로 간직한 채 마음은 자라지 못하고 몸만 커버린 어른이 됐다. 어릴 때 스스로 규정한 내 모습을 찾으면서 자아상이 심하게 왜곡된 사실을 알 수 있었다.

이런 왜곡된 자아상은 어릴 때 절대적 존재로 군림한 주 양육자 엄마에게서 왔다. 나를 낳아준 엄마에게 존재를 부정당하는 느낌을 반복해 받으면서 나는 그런 취급을 당해도 되는 사람인가 보다 생각했다. 무기력했다.

"내 인생이 그렇지 뭐. 좋은 일이 일어날 리 없지. 좋은 일은 내 것일 리 없지. 나한테는 비참한 게 어울려. 행복할 자격이 없지."

무의식중에 이렇게 생각했다. 어쩌다 좋은 일이 생기거나 뭔가 잘 해낸 때는 마음이 너무 불편했다. '내가 별 볼일 없는 사람이라는 사실을 나중에 사람들이 알면 크게 창피를 당하겠지.' 부정적인 미래를 습관적으로 상상했다. 인생에서 좋은 무엇을 욕심 부리다가 벌 받을지 모른다는 불안이 늘 있었다.

엄마는 내가 어린아이일 때부터 냉정한 심판자였다. 지금도 한결같이 막말을 한다. 엄마를 귀찮게 하지 않는 얌전한 모범생으로 살아야 했다. 아무리 열심히 모범생으로 살아도 엄마는 끊임없이 실망했고, 실망을 감추지 않은 채 거침없이 쏟아냈다. 나를 이해하려 하거나 내가 성장하도록 도와주려 노력하지 않았다. 늘 거부당하고 비난받았다.

한번은 엄마가 내게 하는 말을 적어봤다. 엄마가 내 집에서 일주일 동안 지낼 때 들은 말들이다.

"넌 왜 그렇게 사니. 니 오빠, 니 언니는 다 잘사는데 너도 좀 똑 부러지게 살아봐라. 난 정말 니가 이해가 안 간다."

속을 긁는다.

"쉬엄쉬엄 일해. 니가 벌어봐야 얼마나 벌겠니. 대학까지 가르쳐놨는데 어떻게 (초졸인) 나보다도 적게 버냐. 한심하다 한심해."

걱정하는 척 무시하는 마음을 드러낸다.

"어리바리하더니 마흔이네. 이제 늙을 일만 남았네."

내 지나온 인생과 앞으로 올 미래도 별 볼 일 없다고 단정 짓는다.

"너는 남자 보는 수준이 낮아. 남자 쳐다보지도 마. 어쩌다 그 꼴(이혼녀)이 됐니."

나를 못마땅해한다. 내가 평생 이런 말만 듣고 살았구나 싶다. 비교하고 지적하는 심판의 말, '너는 형편없다. 너는 사랑받을 자격이 없다'는 뜻을 담은 비난의 말을 걱정해서 잘되라고 해주는 말로 포장한다. 늙고 병들어 힘이 빠져서 예전보다 순하다지만, 그래도 속이 상한다. 그런 말을 하는 사람이 세상 하나뿐인 내 엄마다.

"게을러터졌어. 한심해."

이런 온갖 부정적인 말들을 어릴 때부터 세뇌될 정도로 들었다.

"야! 아무 데서나 빤스 벗지 마라!"

엄마가 유일하게 한 성교육이었다. 성추행당할 때처럼 모욕감을 느꼈다.

여성주의 심리 상담을 받기 전에는 내가 잘못해서, 뭐하나 제대로 하지 못해서 그런 말을 듣는 줄 알았다. 다른 사람의 몸을 때리는 행동이 사랑의 매가 아니라 화풀이라는 사실을 일찍이 알았지만 그 여자가 하는 말을 언어폭력으로 생각하지 못했다. 이제는 내가 아니라 그 여자의 기준이나 시선이 잘못돼서 그런 말과 행동을 하게 된다는 사실을 안다.

"너는 한심해."

"너는 게을러터졌어."

"돈 먹는 귀신."

"나가 죽어."

도대체 아직 어린아이일 뿐인 자녀의 무엇을 보고 귀에 못이 박히게 악담을 퍼붓고, 마음에 안 들어 하고, 그렇게 화를 냈을까. 자기 처지에서 실망스러운 남편을 떠올리게 하는 내 모든 면들이 그 여자의 심기를 건드린 듯하다고 짐작만 할 뿐이다. 진지한 대화를 해보라는 사람도 있을 테다. 그런 일이 가능하면 문제는 진즉에 해결됐다.

반면 오빠는 아무것도 하지 않는데도 엄마는 든든해했다. 엄마가 도움이 필요할 때 행동하는 자식은 언제나 딸들이었다. 더 큰 문제는 엄마가 나를 바라보는 시선을 내가 나도 모르게 내면화한 점이다. '그래, 나는 게을러. 나는 진짜 한심해.' 게을러터진 사람이라거나 한심하다는 심판은 엄마가 먼저 내렸지만, 곧 내 생각이 됐다.

'내가 진짜 한심한 사람이면 어쩌지. 나는 엄마보다 아빠를 많이 닮았는데, 아빠처럼 한심한 인생을 살면 어쩌지. 나는 왜 이 모양이지. 왜 제대로 하는 일이 하나도 없을까.'

엄마가 내리는 심판이 억울하면서도 결국 맞는 말일까 봐 늘 두려웠다. 여자들은 다 나를 싫어한다고 여겨서 깊은 우정을 나누기도 힘들었다.

이제는 아빠보다 더 성숙하고 책임감을 지닌 채 살고 있다는 사실을 내가 안다. 나는 게으르기보다는 행동하기 전에 충분히 생각할 시간이 필요한 신중한 사람일 뿐이었다. 상처받아 움츠러든 섬세한 사람일 뿐이었다.

엄마가 나를 바라보던 냉정하고 잔인한 시선이 그대로 내면화돼 나도 나 자신에게 고약한 심판자처럼 굴었다. 나를 돌보거나 존중할 줄 모르고 부정적으로 판단하기 바빴다. 단 한 번도 '내 일에서 성공해야지', '나는 존재만으로 소중한 사람이야', '멋진 인생을 살고 싶어' 같은 마음을 품은 적이 없었다. 자기혐오에 빠져 빛과 어둠 중에 어둠밖에 못 보는 상황이었다. 지금껏 지독하게 외로워한 이유도 나마저 내 편이 돼주지 않은 탓이었다. 남들보다 내가 먼저 별것 아닌 일로 징징거리지 말라고, 핑계 대지 말라고 나를 윽박지르거나 다그쳤다.

왜곡된 자아상과 내면화된 심판자의 시선을 인식한 뒤 내가 내 편이 되자고, 심판하기 전에 먼저 나를 도와주자고 결심했다. 내가 내 편이 돼주자고 굳게 마음먹고 나 자신과 내 감정을 우선시하며 하루하루를 보내면서 마법처럼 근원적인 외로움이 점점 줄어들었다. 혼자 있는 시간도 편안하게 보낼 수 있게 됐다.

'자기 자신을 사랑하라'는 조언은 언제나 맞다. 그런데 자기혐오에 빠진 상태에서 어떻게 자기를 사랑할 수 있을지 막막하기만 했다. 그래도 세상에 나 하나라도 내 편이 되는 일은 지금부터 당장 시작할 수 있었다.

어린 시절을 들여다보라는 말은 부모를 탓하라는 뜻이 아니다. 부모하고 맺은 상호 관계, 어린 시절을 보낸 환경, 기질이 합쳐진 결과로 어린아이가 생존을 위해 어떤 왜곡된 정체성을 만들었는지, 그런 믿음이 내 인생에 어떤 패턴으로 반복되는지 알아보라는 말이다.

이런 과정을 거쳐 나는 자기를 보는 시각이 실재하고 다르게 한쪽으로 치우친 사실을 발견할 수 있었다.

유기 불안

어릴 때 간절히 바라던 정서적 돌봄을 조금이라도 해준 사람은 할머니뿐이었다. 초등학교 입학 전 1년 정도, 초등학교에 입학한 뒤 방학 내내 엄마는 나를 할머니와 할아버지가 사는 시골집에 맡겼다. 할머니랑 지내는 날에는 하루에 몇 번씩 칭찬을 들었다. 칭찬을 더 많이 듣고 싶어서 별 도움이 안 돼도 할머니 일을 돕고 청소도 열심히 했다.

"할머니 먹으라고 물 떠왔어? 할머니 생각해주는 사람은 이경이밖에 없네."

"어쩜 이렇게 예의도 바르고 전화도 이쁘게 받니."

할머니는 항상 다정했다. 어릴 때 가슴을 만지면서 자도 된다고 허락해주고 배앓이를 하면 '내 손은 약손' 하면서 한참이나 배를 문지르기도 했다. 여름날 별을 보면서 자자고 마루에 이불을 펴주고, 겨울날 밖에서 한참을 놀다가 차가워진 손발을 따뜻한 아랫목에 녹여줬다.

"할머니가 엄마였네요."

상담사가 이 말을 하기 전까지 그런 생각을 하지 못했다. 엄마에게 엄마다운 사랑을 받지 못한 사람이라는 생각에 매여서 늘 괴로울 뿐이었다.

여성주의 심리 상담과 꿈 작업에 열중하던 시기에 꿈을 꾸면 할머니네 시골집과 숫자 6, 여섯 살쯤 돼 보이는 여자아이가 반복해서 등장했다. 고혜경은 꿈에 어린아이와 숫자가 등장하면 그 시기에 이슈가 분명히 있다는 뜻이라고 했다. 여섯 살 즈음 할머니 집에서 보낸 시간은 좋은 기억뿐인데 왜 그때를 들여다보라는 건지 무의식이 보내는 메시지를 쉽게 이해할 수 없었다.

의문을 품고 지내다가 몇 주 뒤 기억하지 못한 장면 하나가 떠올랐다. 할머니 품에 안겨서 점처럼 작아져 사라질 때까지 하염없이 헤어진 엄마의 뒷모습을 바라보던 기억이 되살아났다. 주말에 혼자 시댁에 맡긴 나를 보러 시골집에 온 엄마가 오래 머물지도 못하고 오빠와 언니가 있는 집으로 돌아가는 장면이었다. 자식 셋 중에 나만 조부모에게 맡겨졌다. 주말이면 엄마가 돌아갈 때마다 버림받는 느낌을 받았을 테다. 그런데 나는 그 기억을 지워버렸다. 기분 좋은 기억만으로 그 시절을 편집한 사실을 깨달았다.

초등학교 다닐 때 엄마가 아침 일찍 커다란 짐 가방을 싸서 집을 나가는 모습을 무력하게 바라보던 기억도 되살아났다. 가지 말라는 말도 차마 입 밖으로 꺼내지 못한 그때 기억에 상담사는 많이 마음 아파했다. 하루 뒤에 커다란 가방을 든 엄마는 돌아왔지만, 언제든 버려질 수 있다는 두려움이 내 안에 자리 잡은 뒤였다.

"말 안 들으면 작은아버지네로 보내버린다."

엄마가 자주 한 말이다. 작은아버지네는 딸이 없었고, 작은어머니는 엄마보다 더 고약한 사람이었다. 농담인지 협박인지 헷갈렸다. 손쉽게 말 잘 듣는 아이로 만들려고 한 말인데도 버려질지 모른다는 공포를 키우는 데 한몫했다.

유기 공포는 사실 훨씬 전에 아빠가 집을 나가 따로 살 때 처음으로 생겼다. 내가 그토록 인간관계에서 버림받을까 봐 두려워한 까닭을 이해할 수 있었다. 버림받을지 모른다는 두려움이 너무 커서 내 삶 구석구석에 영향을 미쳤다. 정서적으로 적절한 돌봄을 받지 못해 생겨난 결핍은 공감받고 싶고 수용받고 싶어하는 갈망이 됐고, 여기에 버림받을지 모른다는 공포까지 더해져 자기보다 상대의 기분과 요구를 더 중요하게 여기고 우선시하게 했다. 버림받기 싫어서 상대에게 필요한 존재가 되려고 늘 노력했다. 상대를 끊임없이 배려했고, 배려를 넘어 희생도 마다하지 않았다. 내 기분과 내 요구는 늘 뒤로 밀려났다.

그런 패턴이 반복되다 보니 결국 내가 뭘 원하는지, 나는 어떤 사람인지가 점점 흐릿해졌다.

5.

연애와 결혼

누가 나를 구원해줘요

정서적 허기를 채우려 한 연애

심리 상담을 통해 인식한 자기혐오, 왜곡된 자아상, 유기불안 등이 연애와 결혼에 어떻게 영향을 미쳤는지 자세히 뒤돌아봤다. 반복된 만남과 이별에는 분명한 공통점이 보였다. 사랑받고 싶은 마음은 인간의 당연한 욕구이지만, 20대의 나는 늘 절실하다고 표현할 정도로 사랑을 갈망했다. 20대와 30대 시절 가장 빠르고 쉽게 정서적 허기를 달랠 방법은 연애였다. 연애 중독자라 해도 부인할 수 없을 정도였다. 남자를 만나 어울리다가 생기는 상처도 사랑받고 싶은 갈망을 억누르지는 못했다. 상처받을수록 연애에 더 집착했다. 나를 좋아해주는 사람하고 연애를 시작하면 불안정한 정서가 조금은 안정됐다.

문제는 나였다. 어쩌다 매력 있고 괜찮아 보이는 사람이 다가오면 '나를 더 자세히 알면 내 불안과 우울을 보고 결국 실망할 텐데' 하는 걱정에 도망가버렸다. 어딘가 부족해 보이는 남자가 다가오면 '그래, 이런 남자가 나한테 어울리지' 하면서 좋아하지도 않는 사람을 만났다.

상처에 공감해줄지도 모른다는 기대 때문에 상처 있는 남자에게 끌렸다. 나를 버리지 못한다고 안심할 만큼 조건이 안 좋은 남자도 만났다. 그래야 덜 불안했다. 솔직히 우월감을 느끼기도 했다.

정작 가장 중요한 생각을 하지 못했다. '나는 그 남자를 좋아하나' 하는, 나를 중심에 둔 질문은 스스로 하지 못했다. 나는 늘 사랑받기에 너무 부족한 사람이라서 나라는 사람에게 관심만 보여줘도 감사했다. 비록 상대가 사랑이 아니라 연애 경험치를 원할 뿐일지라도 상관없었다. 나를 필요하다고 말해줄 사람이 간절히 필요했다. 나를 지구에 묶어둘 가느다란 끈이라도 붙들고 싶었다. 그렇지 않으면 나는 점점 가벼워져서 위로 위로 올라가다 풍선처럼 펑 터져버릴 듯했다.

내가 상대에게 줄 수 있는 게 별로 없었다. 돈이 없었고, 문화적 소양이나 근사한 취미도 없었다. 그러나 20대의 내게는 젊은 여자의 몸이 있었다. 섹스를 두고 밀당하지 않았다. 남자가 원하는 섹스를 하고 내가 간절히 원하는 관심과 애정을 얻는 상황이 그때는 나쁘지 않았다. 내가 주체적으로 한 선택이라고 생각했지만 그렇게 쉽게 몸을 허락하는 일은 성폭력 피해자에게 나타나는 후유증의 하나일 수 있다는 사실은 얼마 전에야 알았다.

남자들이 바라는 천생 여자, 착하고 온순한 이미지에 나를 끼워 맞췄다. 사랑받고 싶어서 자기 고집과 자기주장이 없는 척하다 보니 진짜 별 생각이 없는 사람이 돼버렸다. 언어로 정리해서 표현하지 않으면 생각은 신기루처럼 증발해버렸다.

건너건너 전해 듣던 내 평판은 '흘리고 다니는 애, 사람을 쉽게 만나는 애'였다. 내게 전해지지 않은 나머지 평판은 알고 싶지도 않았다. 나는 어느 순간부터 그런 애가 돼 있었다. 평판 따위에 신경쓸 여유가 없었다. 자살 안 하고 살아 있으려면 누구라도 필요했다.

행운처럼 정말 좋은 사람을 만나도 소중한 관계를 지켜내지 못했다. 그 남자가 늘 내 옆에 있기를 원하고 상대를 많이 좋아하면서도 물리적 거리가 생기면 불안해했다. 이번에는 내가 가해자가 돼 상대에게 상처를 줬다. 스스로 다 망쳐버렸다고 오랫동안 후회했다. 후회한다는 표현으로 설명할 수 없을 만큼 내게 실망했고, 심리적 고통과 방황은 더 심해졌다. 헤어진 그 사람이 꿈에 나오기 시작했다. 현실에서 그 사람을 다시 만나려고 시도했지만 그 사람은 이미 마음을 정리한 뒤였다.

끊임없는 연애로 도망쳐서 중요한 내 문제에 직면하는 시간을 피하며 살았다. 그러나 그런 연애라도 있어서 혼란스럽고 아슬아슬한 20대를 지나오기도 했다.

배우자를 선택하는 기준

결혼할 때도 마찬가지였다. 상처가 치유되지 않은 상태에서 무의식적으로 나를 버리지 않을 사람을 배우자로 선택했다. 내게 실망할지 모른다는 두려움을 느끼지 않을 만큼 약점이 많은 사람이었다. 남편하고 있으면 마음이 편했다. 고백하자면 결혼할 때 속으로 이렇게 생각했다.

'당신이 어디 가서 나 같은 여자를 만나겠어. 나한테 고마워해. 그리고 평생 나한테 잘해.'

결혼 전까지 남편은 내게 정성을 다했다. 마님과 머슴 관계라고 할 정도였다. 나한테 없는 사교성이 있고 긍정적인 성격이 좋아 보였다. 결혼을 결심할 즈음에는 깊은 대화는 포기해도 친절하고 다정하니까 됐다고 여겼다. 내 조건도 특별하지 않았다.

남들처럼 결혼해서 평범하게 사는 모습을 보여주며 엄마를 흐뭇하게 해주고 싶었다. 나도 정상적인 자식으로 인정받고 싶었다. 지난 내 인생은 엄마를 향한 인정 투쟁이었다. 보기 안쓰러울 정도였다. '이런 내 모습은 멋지지 않다. 어머니 콤플렉스 따위 오늘부로 딱 끊어내자.' 머리로 생각만 할 뿐 그리 간단한 일은 아니었다.

결혼한 뒤 남편은 그동안 해온 머슴 노릇을 보상이라도 받으려는 듯이 가부장적 독재자로 돌변했다. 결혼하기 전에 확인한 중요한 사실 관계들이 속속 거짓말로 드러났지만, 남편은 절대 미안하다고 말하지 않았다. 남편은 가정의 중요한 일들을 혼자 결정했고, 나를 설득하려 노력하지도 않았다. 본인이 한 결정에 합리적인 이유를 대지 못하면 억지를 부렸다.

"내가 가장인데 내 말을 따라야지."

생활비며 살림이며 모두 내가 혼자 책임질 때도 같은 주장을 했다.

"너를 만나고 좋은 일만 생겨. 너 덕분에 행복해."

찬사만 보내던 남편은 결혼한 뒤 안 좋은 일이 있을 때마다 나를 비난했다.

"너 때문에 내 인생이 이 모양 이 꼴이 됐잖아."

태도가 정반대로 돌변해 충격이 컸지만 한 발짝 떨어져 보니 자연스러운 결과였다. '너 덕분에 행복하다'와 '너 때문에 불행하다'는 같은 말이었다. 상대에게서 원인을 찾을 뿐 자기 잘못은 성찰하지 않는 사람이었다. 남편은 한결같이 행동하는데 내가 정확히 모르고 있었다.

속이 상하면서도 평생 습관대로 남편에게 최대한 맞춰주며 가정의 화목이라는 신기루를 지키려 노력했다. 착한 아이가 되면 사랑받을 수 있다고 믿었고, 착한 사원이 되면 인정받을 수 있다고 기대했다. 이번에는 착한 아내가 되면 사랑받을 수 있을 줄 알았다. 착한 며느리가 되면 존중받을 수 있다고 생각했다. 그러나 상대에게 나를 맞추고 희생할수록 존중받지도 인정받지도 사랑받지도 못했다. 나도 주장이 있고 생각이 있다고 아무리 말해도 남편은 무시했다. 나는 막 대해도 되는 사람이 돼 있었다.

결혼한 뒤 남편도 나도 달라졌다

결혼해서 시골에 집을 구해 생활하면서 환경이 완전히 전복됐다. 그 시간이 많이 힘들었지만 나라는 사람을 아는 계기가 됐다. 나는 점점 각성하기 시작했다. 내가 나를 지킬 줄 알아야 상대도 나를 함부로 하지 못한다는 사실을 깨달았다. 나는 다짐했다.

'착한 건 개나 줘버리자. 누구보다도 이기적으로 살아야겠다.'

남편 그늘에서 보호받아야 하는 약한 존재인 줄 알았지만, 나는 약하지 않았다. 평생 불안정한 정서 때문에 내 몸 하나도 지키지 못한다고 걱정하며 살았는데, 내 몸 하나뿐 아니라 남편까지 책임지고 남편이 벌여놓은 많은 일을 모두 수습할 정도로 현명하고 강한 사람이었다. 누구의 보호도 필요 없었다. 나는 보호가 아니라 존중이 더 중요했다.

불행하게도 남편은 아내를 존중할 줄 모르는 사람이었다. 남편은 내가 어떤 사람인지는 관심이 없고 아내의 도리, 며느리의 도리, 심지어 이웃의 도리만 강요했다. 자기 말을 따르지 않으면 가장을 무시한다고 화를 냈다. 정작 가장의 도리를 지키는 모습은 보여주지 않았다.

남편에게 부부 관계도 재정 상황도 너무 불안하니 임신할 생각이 없다고 여러 번 분명히 말했는데도 질내 사정을 한 때가 결정적이었다. 충격받은 마음은 이혼으로 기울었다. 엄마 되지 않기는 내게 중요한 생존 전략이었다. 여자의 삶을 180도 변하게 하는 임신, 출산, 육아를 선택할 권리마저 남편은 자기 멋대로 침범할 수 있다고 생각했다. 내 분노뿐 아니라 임신과 출산에 이어질 경력 단절과 독박 육아 등을 부담스러워하고 걱정하는 나를 조금도 이해하지 못했다.

"너는 뭐가 맨날 그렇게 복잡하냐?"

남편은 나를 이상한 사람 취급했다. 이혼 이야기가 오가는 중에도 지금의 자기가 좋아서 달라져야 할 이유를 모르겠다고 말하는 사람이었다. 혼자 노력하는 데 지쳤고 미련도 없었다. 할 만큼 했다고 느꼈다. 남편은 바뀔 의지가 없으니 희망도 없었다. 별거를 시작으로 해서 이혼을 행동으로 옮겼다.

이혼한 뒤 남편은 변했다. 결혼 전처럼 다시 나를 예의 바르고 친절하게 대한다. 술에 취해 내가 그립다고 긴 메시지를 보낸다. 나는 그 남자의 아내가 돼 세상에 하나뿐인 대체할 수 없는 소중한 존재로 여겨지고 싶었는데, 남편은 내가 아내일 때만 나를 함부로 대했다. 슬프도록 완벽한 동상이몽이 아닐 수 없다. 부부 관찰 예능 프로그램 〈동상이몽〉을 볼 때마다 제목에 감탄했다. 아내를 소유물쯤으로 여기는 남편에게 돌아갈 생각은 추호도 없다.

나를 구원하는 사람은 나

이혼은 내가 어떤 사람인지, 절대 양보할 수 없는 중요한 가치가 무엇인지를 모른 채 나이가 차서, 답답한 현실을 벗어날 돌파구로 선택한 결혼이 다다를 당연한 결말일지도 모른다. 결혼과 이혼은 내가 나를 잘 알지 못해서 치러야만 하는 비싼 인생 수업이었다. 의미 없는 시간은 결코 아니었다. 결혼하고 이혼하는 과정에서 나를 많이 알게 됐다. 내가 지닌 능력을 발견하고 자긍심을 느낀 계기였다. 다른 삶을 살 수 있는 기회가 생겼다. 변하려고 굳게 마음먹을 수 있었다. 가부장제를 비판적으로 볼 수 있는 시각이 열렸고, 저절로 페미니스트가 됐다. 힘든 일도 깨우침으로 이어지면 고통으로 남지 않았다. 오히려 꼭 필요한 경험이라고 생각하게 됐다. 진심으로 그 모든 경험이 감사하다.

내가 찾아 헤매던 인생의 충만함이나 만족감이 남녀 사이 사랑에 있을지 모른다는 기대는 환상인 동시에 미성숙한 태도였다. 사랑이 내 혼란스럽고 외로운 인생을 구원해주기를 바랐다. 누군가 나타나 나를 이해해주고 무한한 사랑으로 상처를 치유해주기를 원했다. 내게 그럴 힘이 있다고는 생각하지 못했다. 나는 나약하고 지나치게 쉽게 상처받는 인간이니까. 그렇지만 내 인생은 나만이 구원할 수 있고 나를 지키려면 다른 누군가가 아니라 내 안에서 힘을 길러야만 한다는 사실을 깨달았다. 지금은 혼자서 잘사는 사람이 둘이서도 잘산다고 믿는다.

자기혐오 상태에서는 나하고 성향이 반대인 사람에게 끌리고 자기 긍정 상태에서는 성향이 비슷한 사람에게 끌리는 듯하다. 또다시 반대 성향인 사람이 끌리면 부정적 일면에 치우쳐서 자기를 인식하지 않는지, 자기를 바라보는 시선이 균형을 잃고 있는 건 아닌지 점검하는 계기로 삼아야겠다.

〈혐오스러운 마츠코의 일생〉이라는 영화를 20대에 한

번, 이 글을 쓰면서 한 번, 두 번 봤다. 두 번째 볼 때 주인공 마츠코가 나하고 너무 닮아서 깜짝 놀랐다. 사랑받고 싶어서, 혼자 남는 쪽보다는 나아서 여자를 착취하는 못난 남자라도 옆에 있기를 바란다. 사랑에서 구원을 얻으려 하다가 너덜너덜해지도록 헌신한 마츠코는 자기를 소중하게 생각하지 못하고 값싸게 취급한 잘못을 저질렀다. 가슴 아프지만 인정할 수밖에 없다. 마츠코처럼 나를 막은 사람은 결국 나였다.

내가 좋아하는 정희진도 이 영화를 보고 이렇게 썼다.

어려운 일이지만 조금 힘을 내서 우리 자신을 지켜내는 바람직한 방식을 찾았으면 한다. 결국 자신의 역량을 믿는 것이다. …… 피해도 억울한데, 자신을 미워하는 것은 이상한 일이다.

— 정희진, 《혼자서 본 영화》, 교양인, 2018

6.

꿈 작업

꿈이 이끈 치유

괴로운 밤과 꿈이라는 돌파구

꿈 작업은 심리 상담과 함께 내 성장과 치유에 결정적
영향을 미쳤다. 성폭력을 겪은 뒤부터 자려고 누우면 자
동으로 사건이 플래시백 되기 시작됐다. 성폭력이 잠든 동
안 일어난 탓이다. 범행은 오래전에 멈췄지만, 내 몸을 더
듬는 어둠 속 그 손은 그림자처럼 늘 나하고 함께 있었다.
20대 내내 계속되는 우울감과 무기력으로 그날 할 일들
을 해내지 못했고, 밤이 되면 하루를 제대로 보내지 못한
죄책감마저 더해져 더욱 괴로웠다. 이대로 눈 감으면 다
음날 아침이 오지 않기를 바란 날들이 많았다.

매일 밤 고통스러운 감정들의 혼돈 속에서 갈피를 못
잡고 마음은 전쟁을 치렀다. 얕은 잠을 자다가 자주 깨기
를 반복해서 아침에 눈을 뜨는 순간부터 이미 탈진해버렸
다. 일찍 일어나지 못하고, 낮에는 의욕이 없는 악순환은
어찌 보면 당연했다. 이 사실을 의식적으로 보지 못한 나
는 게으르고 열심히 하는 일이 없다면서 나를 비난했다.

그러다가 20대 초반에 오래 사귄 사람하고 헤어진 뒤
어떤 꿈을 꾸기 시작했다. 풍경이 아름다운 곳에서 헤어
진 사람을 만나 화해하는 내용이었다. 이틀에 한 번꼴로
같은 내용에 배경만 바뀌는 꿈을 몇 년째 반복해 꾸자 그
꿈을 더는 무시할 수 없었다. 분명 무슨 의미가 있었다.

얼음 아이와 어둠 속의 손

플래시백을 치유해준 꿈 작업

꿈에 관해 공부하고 정보를 찾기 시작했다. 그러면서 꿈 작업을 하는 고혜경 박사를 알게 됐다. 고혜경 박사가 한 강연이나 쓴 책을 찾아봤다. 고 박사에게 영향을 준 융 학파 제레미 테일러Jeremy Taylor나 로버트 존슨Robert A. Johnson이 쓴 책도 읽었다.

꿈 작업이란 꿈을 소재로 자기 분석을 하는 일이다. 꿈을 해석하는 공부를 하면서 습관처럼 사건이 플래시백 되는 악순환의 고리를 끊을 수 있었다. 꿈은 무의식이 내게 보내는 연애편지라고 한다. 모든 꿈은 내 건강과 온전함을 지키는 데 도움을 주려고 온다. '오늘은 꿈이 내게 어떤 편지를 보낼까' 하는 기대감에 잠들다 보니 한결 편안해졌다. 그렇게 울지 않고 잠드는 하루하루가 늘어갔다. 어떤 꿈을 꿀지 일부러 설레는 상상을 하려고 노력했다.

처음 꿈 작업을 공부할 무렵 꾼 꿈이 있다. 꿈에서 계단을 걸어 지하실로 내려가니 높은 천장에 닿을 정도로 커다란 보일러 석 대가 힘차게 돌아가고 있었다. 내 안에 큰 힘이 있다고 무의식이 응원해주는 듯했다. 그 꿈에 용기를 얻어 처음 하는 일에 도전했고, 이직에 성공했다. 퇴사하고 프리랜서가 됐다. 그 일은 지금도 내 밥벌이다.

당장 반복되는 꿈의 의미를 정확히 해석하지는 못했

지만, 잠들 때 느끼던 괴로움을 없앤 일만으로도 의미 있는 변화였다. 그렇게 벗어나는 방법을 하나씩 찾았다. 한동안 열심히 기록하고 분석하다가 또 한동안 시들해지기도 하지만 늘 꿈 일기를 쓰고 있다.

폭발하는 꿈과 꿈 일기

상처를 제대로 들여다보자고 마음먹어서 그런지 여성주의 심리 상담을 시작한 뒤 폭발하듯 강렬한 꿈들이 찾아왔다. 기억도 생생히 남아서 열심히 적었다. D 상담사가 권유한 대로 꿈 일기에 제목을 붙였다.

엄마에게 가는 길은 절벽에 매달리는 길

꿈속에서 나는 오늘이 계절에 견줘 따뜻하고 맑은 날이라고 생각한다. 모래와 물이 깨끗한 강변을 친구하고 걷고 있다. 물놀이가 하고 싶다. 날이 더 추워지기 전에 물놀이를 할 수 있는 마지막 기회라고 생각한다. 그렇지만 엄마가 저만치 앞서가서 엄마한테 가야 한다고도 생각한다. 어느새 나는 엄마에게 가는 중이다. 길은 점점 험해져서 수직 절벽을 기어오른다. 주변은 점점 어두워지고, 물에 젖은 검은 바위는 미끄럽고, 팔다리에 힘이 풀린다. 절벽에서 떨어질 듯하다.

쉽게 정리하지 못한 엄마와 내 관계를 무의식이 설명해주는 듯했다. 엄마는 내 곁이 아니라 닿기 힘든 저 먼 곳에 있다. 나는 현실에서도 꿈에서도 엄마에게 다가가고 싶다. 엄마에게 다가가는 일, 엄마의 인정과 사랑을 받으려 노력하는 일은 절벽에 매달리기다. 앞으로 나아가지 못하고 뒤로 물러설 수도 없어 떨어져 죽을 수 있는 곤란한 상황에 놓인다. 엄마의 인정과 사랑을 받으려면 엄마에게 분노라는 불경한 감정을 느껴서도 안 되고 표현해서도 안 되며, 미워하는 마음을 계속 억눌러야 하기 때문이다.

온 가족이 마치 친족 성폭력이 없던 일처럼 '평범한 가족인 척하기'라는 연극을 한다. '아무 문제도 없고 아무것도 모르는 척하기' 연극에 나도 동조해야 한다. 다들 연습 한 번 해본 적 없으면서 어찌나 잘하는지 모른다.

그 안에서 내 마음은 지옥이다. 치유에서 더 멀어지는 괴로운 시간이다. 꿈은 희망도 같이 준다. 자연스레 마음을 끄는 물놀이를 하면 된다. 내 감정, 내 욕구에 더 집중하고, 내게 즐거움을 주는 일에 초점을 맞추면 된다. 자기주장이 확실한 친구가 내 옆에 있다. 내 안에 그런 면이 자리한다는 뜻이다. 아직 발휘하지 못하고 있을 뿐이다.

엄마에게 받은 상처를 회복하려면 엄마의 인정과 애정을 받으려 노력하는 방향이 아니라 엄마의 인정과 애정을 받고 싶은 마음 자체를 포기해야 한다고 꿈은 알려준다. 가족하고 인연을 끊을 각오를 한 뒤에야 비로소 내가 하고 싶던 폭로를 할 수 있었다. 엄마의 사랑을 받지 못한 나에게 그만 집착해야 진짜 나답게 살 수 있다고 꿈은 알려주는 듯했다.

이 꿈을 꾼 뒤 내가 나에게 엄마가 돼주자고 다짐했다. 간절히 원하던 원형의 어머니처럼, 조건 없이 존재만으로 수용하고 사랑하고 돌보고 헌신하자고 마음먹었다. 가장 좋은 음식을 먹이고, 편안하게 해주고, 따뜻하게 입히고, 한없이 너그럽게 이해해주고, 관심을 갖고, 돌봐주자고 마음먹었다. 미워하는 마음을 억누르지 말자는 생각도 했다. '미워해도 괜찮아. 괜찮아. 실컷 미워해.' 솔직한 감정을 느끼는 일조차 어려워하던 나를 더 너그럽게 대했다.

이틀 뒤에는 이런 꿈을 꿨다.

밀린 세금을 내라

밤길을 가고 있다. 골목이 너무 어둡다. 핸드폰 플래시를 비춰도 잘 보이지 않는다. 무서워서 뛴다. 집처럼 안전한 곳으로 가고 싶다. 롤러스케이트를 타고 미끄러지듯 가다가 도로를 건너려는데 경찰이 막아선다. 벌금을 내든지 그동안 밀린 자동차세를 내라고 한다.

밤길은 현실에서도 무섭다. 무의식의 어두운 부분을 들여다보는 일도 아직은 겁이 나나 보다. 내가 가려는 곳으로 더 나아가려면 돈을 내야 한다. 벌금이나 밀린 세금이다. 상처를 치유하지 않고, 자기를 돌보지 않고, 나를 알려고 하지 않은 나에게 매기는 벌금이자 세금인 듯하다. 상처를 외면하고 자기를 방치한 대가는 반드시 가산세까지 붙은 청구서로 돌아온다는 뜻이었다.

그동안 미뤄둔 내면 깊은 곳을 탐색하는 일은 시간, 돈, 강도 높은 정신노동 등 많은 에너지가 필요하고, 결코 유쾌하지도 않다는 메시지다. 괜찮다. 나는 각오가 돼 있다. 필요하다면 일을 줄이고 인간관계도 좁히려 한다. 새 옷도 필요없다. 식비를 줄이더라도 이번에는 꼭 제대로 치유하고 싶다. 마땅한 대가를 치르면서 내가 가야 하는 곳으로 가고 싶다.

다음날 또 강렬한 꿈을 꿨다.

나쁜 어른들만 있고, 결국 실종되다

시사 프로그램 〈그것이 알고 싶다〉 같은 분위기에서 한 이야기를 듣는다. 한 남성이 원조 교제로 만나거나 또는 술을 먹이고 성폭행한 한 여성을 찾고 있다. 그 여성은 어느 날 친구들에게 꽃가루 세례를 받으며 축하받은 날 사라졌다. 그

여성이 어릴 때 고아원 담당 교사는 어린 여자아이를 데려
간 어른이 어떤 사람인지 전혀 기억하지 못한다.

이 꿈은 어릴 때 내가 무책임하고 무관심한 나쁜 어른
들로 둘러싸인 환경에서 산 사실을 보여준다. 나는 고아
나 다름없고, 보호자인 엄마는 내가 어떤 끔찍한 일을 겪
고 얼마나 상처받은지 아무것도 모른다는 뜻이다. 동시에
고아원 교사는 내가 겪은 모든 일에 무지하고 무관심하
던 나이기도 하다. 꽃가루는 결혼식을 상징한다. 결혼한
뒤 결정적으로 정체성과 존재감을 잃어버린 나를 뜻한다.

내 안의 남성성을 만나다

아름다운 배경에서 옛 연인을 만나 화해하는 내용의 꿈을
반복해서 꾼 지도 10년이 훌쩍 넘었다. 이 꿈의 의미는 오
랫동안 의문인 채로 남아 있었다. 상담이 거듭되면서 다
행히 꿈이 건네는 메시지를 이해했다.

"아파트 경비 일이라도 해. 조금이라도 월급을 가져와
보라고."

무책임한 아빠에게 엄마가 화를 냈다. 아빠가 자기를
무시한다며 엄마 뺨을 후릴 때 어린 나는 엄마가 맞을 만

하다고 생각했다. 남자 자존심을 건드렸으니까. 오빠하고 언니가 싸우다 말싸움에서 밀린 오빠가 언니한테 선풍기를 집어던질 때도 언니가 현명하지 못하다고 생각했다.

'사랑받으려면 엄마처럼, 언니처럼 하면 안 돼. 바락바락 소리 지르고 따지면 안 돼. 말싸움에서는 이겨도 결국 몸싸움에서는 이길 수 없어. 상냥하고 여자다워야 사랑받을 수 있어. 엄마랑 언니는 왜 그걸 모를까.'

내가 어린 시절 반복해서 경험한 남자는 둘이었다. 아빠는 무책임하고, 오빠는 성범죄를 저질렀다. 나는 그 남자들을 닮았다는 소리를 많이 들었고, 커서 아빠나 오빠처럼 될까 봐 두려웠다. 힘을 가지면 나도 그 남자들처럼 권력을 휘두르고 타인에게 상처를 줄 듯했다.

내가 경험한 남성성이 폭력적이고 독재자 같은 모습이어서 그런지 남성을 향한 경계심, 적대감, 혐오감이 생겼다. 이런 이유 때문에 나는 내 안의 남성성을 거부하고 개발하지 않았다. 사랑받고 싶고 무엇보다 안전하고 싶어서 나를 스스로 순응하는 연약한 존재로 만들었다. 가부장제라는 주류 문화 속에 사는 여성들 중 많은 사람이 그럴 테다.

내 남성성을 대리할 남자는 외부에서 찾았다. 내 안에서 개발하지 않은 면들을 지닌 남자를 내 밖에서 찾았다.

자기 확신을 품은 채 행동하고 성취하는 면들을 개발한 남자였다. 그런 남자를 만나면 서로 보완하면서 균형을 맞출 수 있다고 기대했다.

이런 무의식적인 기대는 전남편 덕분에 속절없이 무너졌다. 상담사는 내게 남성 혐오가 없으면 오히려 이상한 상황이라고 말했다. 감추고 덮어둔 남성 혐오를 알아차리고 내 안에서 남성성을 개발해야 한다는 인식이 중요한 출발점에 서게 했다며 나를 응원했다.

고혜경이 쓴 글은 내 안의 남성성을 이해하는 데 큰 도움이 됐다.

저도 꽤 뒤로 숨기 잘하는 위장 평화주의자였거든요. 제가 저의 공격성을 인정하고 수용한 순간은 삶에 중요한 터닝 포인트가 됐습니다. 지켜야 할 것을 지키는 힘도 공격성이고, 제가 내담자들의 공격성을 받아내는 힘도 공격성이고, 악착같이 책을 써내는 것도 공격성이더라고요. …… 공격성은 인간이 오랜 진화에서 살아남아 만물의 영장이 되기까지 가장 중요했던 힘입니다. 이것과 친해져야 합니다. 사실 이 문제가 현대 심리학에서 제일 커다란 난제입니다. 문명화된 사회는 인간의 공격성을 펼칠 장이 없습니다. 정말로 심각한 문제는 성의 억압이 아니라 공격성의 억압이라고 말합니

다. 어떤 힘이든 바로 알고 친구가 되면 어떻게 쓸지 선택할
수 있습니다.

— 고혜경, 《꿈이 나에게 건네는 말》, 위즈덤하우스, 2019

나는 이 문장에서 공격성을 여성 안의 남성성, 여성 안
의 힘으로 이해했다. 남성성은 폭력적이고 파괴적일 수도
있지만, 동전의 양면처럼 긍정적인 면도 있다. 진취성, 승
부 근성, 열정, 추진력, 용기, 솔직함, 분석력, 조직력 등 삶
에서 꼭 필요한 면들 말이다. 내 안의 남성성하고 화해해
야 한다는 사실을, 내 안의 남성성을 개발해야 한다는 사
실을 제대로 인식하고 하나하나 행동으로 실천하려 노력
했다. 그러자 10년이나 넘게 반복되던 옛 연인하고 화해
하는 꿈은 점점 뜸해지다가 전혀 꾸지 않게 되었다.

내 안의 남자아이에게

평생 억누른 내 안의 남성성을 깨우는 과정이 처음부터
순조롭지는 않았다. 의식적으로 사고하기를 멈추면 나도
모르게 예전 모습으로 돌아갔다. 그러다 어린 소년이 나
오는 꿈을 반복해서 꿨다. 로버트 존슨이 쓴 《내면 작업》
을 인상 깊게 읽고 꿈 의례로 내 안의 남자아이에게 편지

를 썼다. 유치해 보일 수도 있는 그 편지는 많은 도움이
됐다.

내 일부인 어린 소년에게.

안녕? 꿈에서 만난 소년! 반가웠어. 그렇지만 네가 꿈속에서
신발을 잃어버려서 속상했지. 우리가 함께 네 부모님을 찾
느라 고생하기도 했지. 너는 어땠어? 네가 앞으로 멋지고 행
복한 청년으로 자라나기를 바라는 마음으로 몇 줄 편지를 쓰
기로 했어.

우선 너는 네 부모님을 찾는다면 좋지만, 찾지 못해도 걱정
하지 마. 내가 너를 직접 돌보고 키워줄게. 우리는 아주 가까
이 있고, 항상 같이 있고, 너를 키우는 데는 돈이 들지 않거든.

너는 아직 어린아이야. 그렇지만 영원히 어린아이로 머물
러 있을 수는 없어. 식물이 변화가 두렵다고 해서 자라고 꽃
피우기를 멈추지 않듯이 우리는 한 단계씩 성장해나가야
한단다. 그러니 다른 사람이 해주겠지 하고 기다릴 게 아니
라 네 손으로 직접 하나씩 경험해보렴. 모든 경험이 너에게
도움이 될 거야.

부모를 벗어나는 독립은 무거운 책임감과 잘 해낼 수 있
을까 하는 걱정 때문에 두려울 수도 있어. 하지만 네가 독립
적인 청년이 된다면 더 큰 세상에서 네가 할 수 있는 일이 무

한대로 많아진단다. 너는 언제든 어디로든 갈 수 있고, 다른 사람에게 피해만 주지 않으면 무엇이든 할 수 있어. 상상의 밖을 상상해봐. 그건 한 번뿐인 인생에서 분명 가치가 있는 모험일 거야. 지금의 안락함에 머무는 게 당장은 안전해 보일지 몰라도 길게 보면 더 위험할 수 있어. 네가 청년으로 자라지 않고 아이로 머문다면, 나는 내 여성성만으로 우리를 먹여 살려야 하거든. 균형이 맞지 않는 절름발이지.

나는 아직은 너의 잠재력으로 머물러 있는 남성성의 힘이 꼭 필요하거든. 행동하는 힘. 끝까지 해내는 힘. 도전하는 힘. 견디는 힘. 솔직하게 말하는 힘. 그래서 결국 내가 원하는 것을 하나씩 성취해내는 힘. 자기를 지키는 힘 말이야. 우리는 그 힘들을 파괴적이지 않게, 아름답고 우리 삶에 도움이 되는 방식으로 활용할 수 있단다. 그러니 성장을 두려워하지 마. 변화를 두려워하지 마. 시도하기를 두려워하지 마.

우리는 한 번의 실패에 무너지지 않을 정도로 이미 충분히 강하고 성숙하단다. 자기한테 성장하고 변화할 수 있는 기회를 줘. 자기 자신의 편이 돼줘. 그러면 세상에 아무도 없는 듯한 근원적인 외로움은 차차 사라질 거야. 너에게 할 말이 이렇게나 많은 줄 몰랐어. 이 편지를 쓰기 잘한 듯해. 또 꿈에서 만나서 신나는 자기 발견의 모험을 같이하자. 안녕.

편지를 접어 현관문에 붙였다. 다음날 아침에 일어나 편지를 떼고 펼쳐서 읽었다. 결국 내가 내게 쓴 편지였다. 편지를 다시 읽자 좀더 분명하게 보였다. '내가 지금 진정한 독립을 하는 중이구나. 성장하는 중이구나. 두렵기도 하지만, 내 깊은 곳에는 자기 신뢰가 있구나.'

내가 가고 있는 길을 더 씩씩하게 갈 수 있는 용기가 채워지는 듯했다.

나를 보는 새로운 눈

치유가 진행되면서 꿈도 내용이 많이 바뀌었다.

흰 눈이 내리고 꽃을 피우다

친구 K가 카톡으로 〈흰〉이라는 영화를 추천한다. '흰'은 다른 나라 말로 '화염에 불타는'이라는 뜻이라고 알려준다. 장면이 바뀌고, 겨울에 눈 내린 세상은 온통 하얗다. 내가 또는 한 남자가 가는 곳마다 마치 시간을 빨리 감기 한 듯 식물이 찬란한 분홍색 꽃을 피운다. 사람들이 놀라워한다.

〈흰〉이라는 영화는 검색해도 찾을 수 없었다. 내가 좋아하는 한강의 《흰》이라는 소설을 알고는 있는데 읽어본 적은 없었다. 검색해보니 부제가 '애도와 부활, 인간 영혼의 강인함에 대한 책'이었다. 내가 요즘 하는 치유 작업이 애도와 부활에 관련된 일이었다.

"겉보기에는 참 약해 보이는데 참 강한 사람이야."

주위에서 이런 소리를 몇 번 들었다. 내 안에 불타는 분노의 힘을 나를 파괴하지 않고 재건하는 힘으로 쓸 수 있기를 소망했다. 내 남성성이 바르게 성숙하면 세상에 아름다움을 꽃피울 수 있다는 청사진을 보여주고 희망을 건네는 꿈이었다.

"이야기를 해보고 꿈을 들여다보니까 자기는 굉장히 순수한 사람이야. 참혹한 환경에서 어떻게 그 순수함이 훼손되지 않았지? 그게 어떻게 가능할 수 있었을까요?"

상담사는 내게 물었다. 나는 예술, 문학, 아름다운 것들이 좋았다고, 가족 중 아무도 그런 분야에 관심이 없는데 나만 어릴 때부터 아름다운 자연이나 풍경, 미술책 속 작품을 보고 그림 그리기와 책 읽기를 좋아하더라고 답했다. 인정 없고 속물 같은 엄마하고 다르게 그런 취향을 지닌 내가 좋더라고 말했다.

"자기 학대와 자기혐오보다 더 깊숙한 곳에는 자기를 사랑하는 마음이 있었군요."

상담사는 이렇게 짚었다. 예술과 문학은 엄마가 관심

서른아홉 살의 자화상

없는 영역이라서 도피처가 됐다. 그렇게 엄마하고 다른 나, 내가 좋아한 나를 지키며 견뎌왔다. 어릴 때 계산 없이 그저 좋아하던 것들이 여전히 좋다. 책을, 아름다운 것들을 여전히 좋아한다. 내게 책은 거울이고 구원이자 진통제다.

상담사는 순진은 흰 눈 같은 순수하고는 다르다고 강조했다. 순진은 백치나 아이 상태인데, 순진하면 이용당하고 말지만 순수는 나를 침해하는 것들을 막아내는 힘이 있다고 했다. 지혜가 있어야 순수를 지킬 수 있다고 했다. 페미니즘이 가부장제에서 벗어나는 지혜가 된다고, 순진을 걸러내고 순수를 지킬 수 있게 해준다고, 페미니즘 공부를 멈추지 말라고 당부했다.

연이어 꾼 다음 꿈을 통해 더 많은 자기 긍정을 찾을 수 있었다.

아름다운 여자의 젖가슴

젊고 아름다운 여자가 비단과 금실로 만든 동양 전통 의상을 입었는데, 젖가슴이 살짝살짝 보인다. 극장에서 무대를 바라보고 관객석에 앉아서 남자들에게 뭔가를 설명한다. 젖가슴이 보여도 별로 당황하거나 부끄러워하지 않는다.

'난 내 젖가슴이 좋아. 젖가슴으론 아무도 죽일 수 없으니까.' 소설 《채식주의자》에 나오는 이 구절은 내가 좋아하는 구절이다. 이 문장을 왜 좋아하고 기억에 남는지 상담사하고 대화했다.

"신체적 의미 말고 상징적인 의미에서 본인 가슴을 어떻게 생각해요?"

"상처 입었지만 섬세한 내 가슴이 좋아요."

예전에는 내 예민한 성격 때문에 같은 상황에서도 더 많이 상처 입고 더 오래 힘들어한다고 느꼈다. 그래서 내 예민한 성격은 단점이고 생존에 불리하다고 생각했다. 권위주의적인 직장 생활에 빨리 염증을 느끼고 오래 다니지 못하는 나를 사회 부적응자나 낙오자라 생각했다.

지금은 아니다. 섬세한 내가 좋다. 자기 분석과 자기 성찰을 하는 데 섬세함은 강력한 장점이자 자원이었다. 꼼꼼하고 차분한 성격이 지금 하는 일에도 잘 맞다. 불편하고 부정적인 감정을 민감하게 자주 느끼는 나를 보는 시각도 달라졌다.

내가 느낀 감정은 이유가 있었다. 무감각, 무기력, 우울은 어린 내가 폭력적인 세상에서 부서지지 않으려고 쓸 수 있는 유일한 방어 수단이었다. 주변에 보내는 구조 신호이기도 했다. 괴로운 감정들이 더는 견딜 수 없다고 느껴질 정도로 커진 덕분에 비로소 마음먹을 수 있었다.

'변하기 위해 무슨 짓이라도 해야겠다. 상처 치유를 일 순위로 해결해야겠다.'

괴로운 감정을 느낀다는 사실은 양심이 살아 있다는 뜻이고 아직 포기하지 않았다는 뜻이다. 변하고 싶다는 뜻이고 변할 힘이 있다는 뜻이다. 괴로운 감정은 더 나은 삶을 찾아가도록 나를 이끈 안내자였다.

괴로운 감정을 예민하게 느끼지 않았다면 나는 통념 과 트라우마 속에서 평생 악순환을 반복할 수도 있었다. 섬세하고 고민 많은 사람이 문제가 아니라 타인에게 상처 를 주면서도 정작 본인은 상처를 주는 줄도 모르는 둔감 한 사람이 문제다. 죄를 짓고도 아무 불편한 감정을 느끼 지 않는 사람이 문제다. 자기 합리화를 마친 가해자들은 죄책감조차 없이 행복했다.

이 무렵 금목걸이를 줍는 꿈, 금 펜던트를 갖는 꿈도 반복해서 꿨다. 그중 하나는 이런 꿈이었다.

엄마의 유품인 금 펜던트를 오른손에 꼭 쥐다

엄마 생일이다. 아빠와 아빠 친구가 방에서 나오고, 아빠 친 구가 뒤에서 내 목을 만졌다. 아빠 친구는 다이아몬드 그림 과 '오직 한 사람', 'only'라는 글자가 쓰인 종이를 내게 주면 서 종이가 '너의 뜻'이라고 말한다. 장면이 바뀌고 아주 좁은 동굴 같은 곳을 지나가야 한다. 엄마가 통과할 수 있게 내가 도와준다. 엄마의 머리부터 밖으로 나가도록 내가 엄마의 발을 밀어준다.

다시 장면이 바뀌고 교실이다. 바람이 많이 불어 창문을 조금만 남기고 닫는다. 내가 책상 위를 닦는다. 여러 개의 금목걸이에서 펜던트만 모은다. 하트 모양 금장식 안에 다이아몬드가 있는 펜던트가 제일 마음에 든다.

길을 걷다 차를 피하느라 옆으로 비키다가 왼손에 쥐고 있던 펜던트를 떨어트린다. 옆에 나이든 여자가 도와주려 하지만 도움이 안 되고, 더 깊은 물속으로, 복잡한 배관 사이로 떨어진다. 나는 잃어버린 펜던트가 할머니 유품이라고 말한다. 오른손에 엄마 유품인 금 펜던트를 여러 개 쥐고 있는데, 잃어버리지 않으려고 손에 힘을 꽉 쥔 채다.

꿈이 생생해서 잠에서 깰 때 주먹을 꽉 쥐고 있었다. 엄마 생일이라는 설정으로 시작되는 꿈이니 엄마를 향한 투사를 다루는 꿈인가 보다. 좁은 동굴을 지나오는 장면은 여성의 질을 거쳐 나오는 탄생을 상징할 테다. 내 안의 엄마 같은 면이 다시 태어나는 장면이다. 그 탄생은 내가 목도하고 참여하는 속에서 일어나나 보다.

교실에서 청소하는 꿈은 여러 번 꿨다. 상처를 치유하

고 정리하는 뜻이다. 치유의 자리에서 금 펜던트를 모은다. 금목걸이에서 금 펜던트는 다른 목걸이하고 구별되는 핵심 정체성이다. 할머니 유품인 금 펜던트는 결국 잃어버린다. 지금은 내 안의 할머니 같은 면, 따뜻하게 타인을 돌보고 희생하는 면들에 집중할 때가 아닌 듯하다. 오히려 엄마가 준 유품, 곧 내 안의 엄마 같은 면, 성실함, 자기 긍정, 경제력, 현실 감각, 책임감, 강인함 같은 면들에 집중해야 할 때라고 꿈은 말한다.

엄마가 미워서 엄마의 모든 면을 혐오하고 거부해왔다. 내 안의 엄마 같은 면, 엄마의 좋은 면은 내 것으로 받아들이고 계승하라는 뜻인 듯하다. 그런다고 해서 내가 엄마처럼 잔인하게 상처 주는 사람이 되지는 않는다. '오직 한 사람', 'only'가 나를 뜻한다니까 나는 엄마하고 같은 사람이 절대 아니다. 나는 나라는 고유한 사람이다. 다이아몬드처럼 가치 있고 단단한 사람이다. 엄마가 남긴 유산을 잘 지켜내야겠다.

동원할 수 있는 모든 수단을 끌어모은 자기 인식을 통해 자기 자신을 루저로 바라보던 시선을 버린 나는 그 모든 시련을 견디고 살아남은 충분히 강한 생존자로 나를 바라보는 시선을 갖게 됐다. 내 안에서 우러나오는 자부심이 점점 쌓였다.

나는 오랫동안 내 부정적인 면만 보고 살았다. 오른손 손가락마다 다이아몬드 반지를 끼고 태어나놓고 왼손에는 반지가 하나도 없다며 평생 왼손만 들여다본 격이었다. 내 삶에는 내 노력하고 상관없이 운이 좋은 부분이 틀림없이 있었다. 당연한 듯 처음부터 내 것이어서 거기 있는지도 모르고 중요한 줄도 모른 것들이었다. 그런 면을 부러워하던 사람들도 있었다. 내게 주어지지 않은 것에 집착하느라 내가 지닌 잠재력들을 개발하지 않았다.

　자기 자신을 사랑하는 치유는 자기 이해에서 출발한다. 상담사의 도움을 받아 나 자신에게 자세히 묻고 또 묻고 깊이 이해하게 되면서 내 못난 면만 보던 좁은 시야가 넓어지고 긍정적인 면도 같이 볼 수 있었다.

7.

변화

미투할 용기

호기심, 그리고 벗어남

가해자는 여전히 죽이고 싶다. 그렇지만 더는 나 자신을 죽이고 싶지는 않다. 나 자신을 죽이고 싶은 마음, 달리 말하면 내가 나를 망가트릴 듯 아슬아슬한 마음 상태로 살아가는 일상은 너무 고통스럽다. 그런 고통을 일상적으로 느끼지 않는 데 해방감을 느낀다.

편안한 마음으로 산 지 2년이 넘었다. 이제는 예전의 심한 우울과 무기력, 자기혐오가 어떤 느낌인지 잘 떠오르지 않을 정도다. 평생 따라다닌 죄책감도 많이 줄었다. 부정적 감정이 만든 수렁에서 벗어나 일상을 살아갈 수 있는 지금이 진심으로 감사하다.

내가 회복해가고 있다고 알아챈 순간은 심심함을 느끼는 나를 자각한 때였다. 그림자처럼 따라다니는 우울감, 무기력, 죄책감이 아니라 뭔가 흥미로운 일을 해보고 싶은 마음이 더 크다고 느꼈다. 세상을 향한 호기심을 회복한 순간이라고 생각한다. 오빠에게 성폭력을 당한 지 20년도 더 지난 때였다. 바꿔 말하면 20년 넘게 심심함, 호기심, 흥미로운 일에 관한 기대나 충동을 거의 느끼지 못하고 살았다.

"아, 심심해."

같은 고등학교와 대학교를 다닌 친구가 자주 이런 말

을 했다. 그때마다 나는 심심한 마음 상태를 이해할 수 없는 나를 발견했다. 나는 심심함이나 호기심을 느끼지 않았다. 늘 세상이 두려웠고, 인생은 하기 싫은 숙제 같았다.

10대, 20대, 30대에 삶에 호기심을 느끼지 못하는 상황은 한 사람에게 큰 영향을 미친다. 호기심에 끌려 다양한 경험을 하다가 자연스레 진로를 고민하고 자기를 깊이 이해하는 길로 나아가야 하는 청춘이라는 시절을 잃어버렸다. 가해자가 물어야 할 죗값은 내 청춘 20년이다. 심리 상담을 받으면서 마음이 차분하게 안정되니 자연스레 호기심과 순수한 이끌림 같은 감정이 올라왔다. 호기심을 느끼는 횟수나 강도도 늘어났다.

한마디로 요약하기는 힘들지만 나를 가장 힘들게 한 감정은 '제자리에 머물러 있다'거나 '벗어나지 못하고 있다'는 무력감이었다. 1밀리미터라도 앞으로 나아가고 있다는 느낌이 들 때 나는 편안함, 안도감, 약간의 기쁨을 느꼈다. 성장하고 있다는 느낌, 뿌듯함과 의미를 느끼는 순간들, 순수한 호기심을 느끼는 대상을 놓치지 않으려 노력했다. 나 자신을 위한 아주 작은 시도라도 시작하고, 시작한 일은 꾸준히 하려 했다.

책을 읽고 강연을 들으면서 감정의 중요성과 내 감정을 존중할 줄 아는 태도를 배웠다. 내 느낌을 기준으로 삼고 타인보다 나를 먼저 생각하기 시작하니 엄마의 기준이나 세상의 기준은 더는 중요하지 않았다. 그런 기준에 부합하지 못한다고 자책하거나 조바심 내지 않게 됐다. 남들에게 번듯하게 보이느라 연극 같은 삶을 살기보다는 나다운 삶이 더 만족스러웠다.

> 융은 "무릇 삶의 가장 중대한 문제를 근본적으로 해결할 수는 없다. …… 결코 풀 수는 없으며 벗어날 수 있을 뿐이다. 연구를 계속하다 보니 이 '벗어남'에는 새로운 의식 수준이 필요함이 입증됐다. 어떤 더 높거나 더 넓은 관심이 환자의 지평에 나타났고, 이렇게 시야가 확장됨으로써 해결될 수 없던 문제가 절박성을 잃었다. 문제가 그야말로 논리적으로 풀린 것은 아니고, 새로이 더 강한 삶의 충동과 마주할 때 퇴색한 것이다."라고 말했다.
> ─ 매튜 폭스, 《원복》, 황종렬 옮김, 분도출판사, 2001

치유의 신비로운 과정을 이 문장보다 더 잘 묘사할 수는 없다.

나도 내 변화가 신기할 정도다. 살아오는 동안 거의 내내 우울이라는 정서에 갇혀 살다가 갑자기 편안한 마음으로 사는 게 가능하리라고 나도 예상하지 못했다.

변한 건 나 하나

가해자를 감싸고 폭력과 폭언으로 상처 준 엄마, 동생을 성폭행한 오빠, 방관한 언니, 모두 그대로 있다.

2년 전 즈음 내 집에 엄마가 며칠 머물 때 일이다. 우연히 텔레비전 채널을 돌리는데 미성년자를 임신시킨 연예기획사 대표가 재판에서 무죄를 받은 뉴스가 나왔다. 엄마는 말했다.

"연예인이 그렇게 하고 싶을까?"

또 한 번 절망했다. 자식 사이에 가해자와 피해자가 있는데도 엄마는 아무 성찰도 하지 않는구나 싶었다.

저녁밥을 먹으면서 용기를 내서 말했다.

"연예인을 꿈꿀 수 있지. 연예인 시켜준다고 속여서 성폭행한 어른이 잘못이지 여자애 잘못은 아니잖아."

엄마는 밥이 딱딱하다는 둥 말을 돌렸다.

엄마는 이제 '환자 권력'을 휘두르고 있다. 자기에게 관심을 가져달라고 동정심에 호소한다. 언니가 엄마한테 하는 모습을 보면 겸연쩍을 때도 있다. 언니는 엄마를 껴안고, 뽀뽀하고, 사랑한다는 말도 자주 한다. 웃게 해주려고 농담도 많이 한다. 반면 나는 엄마 손을 잡을 때도 어색하다. 엄마도 나를 어려워한다.

"애가 원래 싸가지가 없어."

엄마는 내가 정이 없고 무뚝뚝한 성격이라고 해버리고 만다. 자기가 한 행동이 내게 상처를 줘서 그렇다고는 생각하지 않는다.

엄마가 자기 성찰을 할 수 있게 내가 도와야 하는지, 내가 말을 제대로 못 해서 엄마가 문제의 심각성을 모르는지, 내 성격이 이상하고 늘 확대 해석을 하는 탓인지 의심이 자주 고개를 든다. 이제는 조금만 생각해도 아니라는 사실을 안다. 엄마는 내가 죽고 싶다고 하는데도 외면한 사람이다. 엄마는 제 몫의 고통을 스스로 견디고 인생의 숙제도 스스로 해야 한다. 나도 내 몫만큼만 힘들어하기로 한다. 생각 없이 사는 삶은 엄마 문제이지 내 책임이 아니다. 미안한 마음이 올라올 때면 나 자신에게 말한다.

"일부러 멀리하는 게 아니잖아. 그저 그럴 수밖에 없잖아. 내가 부처나 예수는 아니니까."

가족이 갑자기 깊이 반성하며 진심으로 사과하는 일은 드라마에나 나오지 싶다. 변한 사람은 나뿐이다. 나 하나 변하니까 온 우주가 변한 듯하다.

나를, 엄마를 많이 이야기하고 많이 생각하면서 이제는 엄마의 한계와 문제도 보인다. 엄마는 자기하고 성격과 가치관이 '다른' 사람을 '틀린' 사람이라고 쉽게 단정한다. 자기가 늘 옳지는 않을 수 있다는 자각이 없기 때문이다.

너 잘 되라고, 너 걱정돼서 한 말이라는 대응은 의도가 선한 만큼 잘못이 없다는 자기 중심적이고 안일한 태도다. 자기 뜻이 오해 없이 전달되는지에는 관심이 없다. 상처가 되고 폭력이 되는지 살펴야 소통을 할 수 있을 텐데 말이다. 아직도 나를 그 어리고 힘없는 감정의 쓰레기통으로 여기는 듯하다.

엄마를 변화시킬 수는 없지만 멈칫하게 할 수는 있다. 자학하지 않고 자기 긍정을 할 수 있는 내가 된 뒤에는 엄마를 만나도 주눅 들지 않은 채 좀더 당당할 수 있었다. 엄마가 말도 안 되는 억지 논리를 펼칠 때 나는 그렇게 생각하지 않는다고 한마디 할 줄 아는 사람이 됐다. 공격적인 태도를 보이지는 않았다. 자존감을 지니고 나를 보호할 줄 아는 태도는 분명 우리 둘의 관계에 영향을 미치고 있다.

예전에 견줘 나는 내게 더 너그러우면서 더 성실해졌다. 괴로운 감정을 회피하고 억누르느라 에너지를 소모하지 않기 때문이다. 아침부터 탈진한 기분을 느끼는 날이 더는 없다. 자고 일어나면 뭔가에 집중할 에너지가 차오른다. 이제는 나를 믿는다. 내 판단, 내가 나를 돌보는 방식과 능력을 믿는다. 내가 살 가치가 있는 사람이라고 믿는다. 더 나은 대우를 받을 자격이 있다고 믿는다. 더 나은 미래를 꿈꾸고 실현할 수 있는 힘이 있다고 믿는다. 예전에는 정확히 반대였다.

마치 그런 일은 없었다는 듯 완벽한 회복이란 불가능하다. 상처받기 전의 나로 돌아갈 수는 없다. 다만 내가 겪은 일들을 다르게 해석할 수는 있다. 사건은 이미 벌어졌지만, 그 사건을 해석하는 일은 내 몫이었다. 적어도 해석의 영역에서는 나한테 선택권이 있었다.

법률 상담

어느 날 포털 사이트에서 한 기사를 읽고 불안해졌다.

> 법원 등에 따르면 A씨는 지난 2017년 12월, 동네 선배의 부탁을 받았다. 'B양의 가족 5명과 잠시 동안 함께 생활해 달라'는 부탁이었다. 당시 아파트에서 혼자 살고 있었던 A씨는 이를 승낙했다.
>
> B양의 가족은 거처가 정해질 때까지 A씨의 집에 잠시 머물기로 했다. A씨는 큰 방을 쓰고 작은 방은 B양 가족들이 쓰기로 했다. 하지만 B양 등은 비좁은 작은 방보다 넓고 침대가 있는 큰 방을 좋아했다. 사건 당일도 B양과 B양의 언니, B양의 친구 C군 등 2명을 포함해 총 4명이 큰 방에서 놀다가 잠이 들었다. C군은 침대 바닥에서 나머지 3명은 침대

에서 잠을 잔 것으로 전해졌다.

사건은 늦은 밤에 발생했다. 회식을 마치고 돌아온 A씨는 침대에서 B양 등 3명이 잠을 자고 있는 것을 봤다. A씨는 B양이 덮고 있던 이불을 걷어내고 성폭행했다. 잠을 자다가 성폭행을 당한 B양은 A씨의 어깨를 손으로 밀고 빠져나왔고 A씨는 술에 취해 그대로 침대에서 잠이 든 것으로 알려졌다. 성폭행을 당한 B양은 이 같은 사실을 가족이나 경찰에 신고하지 않았다.

10개월 뒤인 2018년 11월, B양은 또 다른 사건으로 전북의 한 아동보호기관에서 상담을 하다 이 같은 내용을 털어놓았다.

— 〈1심서 징역 8년 30대 아동성폭행범 항소심서 무죄 … 왜?〉, 《뉴스1》, 2020년 12월 26일

1심 재판부는 징역 8년을 선고했고 피고인은 항소했다. 그런데 2심 재판부는 피고인의 손을 들었다. 성폭력 기사 내용보다 기사에 달린 댓글을 보고 상처를 받을 때가 많다. 그러면서도 꼬박꼬박 댓글을 읽는다. 맞는 말에는 '좋아요'를 누르고 틀린 말에는 '싫어요'를 누른다. 가끔 댓글 쓰고 좋아요 누르는 일이 무슨 소용이 있나 싶지만 어느새 습관이 됐다.

'불쌍해서 집을 빌려주고 나니 성범죄자로 몰다니 참 무서운 세상이네.'

'오갈 데 없는데 그 집을 합의금 조로 빼앗을 욕심에 허위 신고 한 거지.'

'은혜를 원수로 갚은 쓰레기 패밀리네.'

이 기사에 달린 댓글들이다. 피해자보다 가해자에게 감정을 이입하는 말들을 보면 성폭력 기사에는 댓글 기능이 없으면 좋겠다는 생각이 든다.

피해자 가족은 경제적으로 궁핍해 안면도 없는 사람에게 신세를 지는 처지라는 상황을 짐작할 수 있다. 이런 상황에서 피해자는 가족들이 모두 길바닥에 나앉을까 봐 걱정해서 신고를 망설일 수밖에 없었을 테다. 피해자가 피해가 일어나자마자 신고를 못 하는 이유는 다양하다. 10개월 뒤에 피해 사실을 말했고, 증거 부족으로 무죄 판결을 받았다고 해서 피해자가 꾸며낸 짓이라고 단정할 수는 없다.

무엇보다 내가 가장 상처받은 댓글은 따로 있다.

'한 방에 네 명 있었는데 그걸 깨우지 않고 성폭력을 했다는 게 말이 되냐?'

마치 내가 공격받은 듯 불안이 요동치기 시작했다. 나도 성추행을 당할 때 한 방에서 엄마와 언니하고 세 명이 같이 자고 있었다. 나한테도 사람들은 같은 이유로 거짓말이라고 할까 봐 두려웠다. 명백한 증거가 없다면 입을 다물어야 할까. 피해자인 나는 사람들한테 비난을 받고, 가해자는 나를 명예 훼손이나 무고로 고소할지 모른다. 재판을 한다면 변호사 비용은 얼마나 드는지 알지도 못한다. 이런 위험을 감수할 능력이 내게 있을까?

한국성폭력상담소에 전화해서 걱정되는 문제를 물어봤다. 글의 의도가 공익 목적이라서 명예 훼손 문제는 괜찮다. 그러나 자세한 내용은 대한법률구조공단에 무료 상담을 받아보라는 대답을 들었다. 대한법률구조공단에 사이버 상담을 접수했다.

성폭력 피해를 출판할 경우 명예 훼손으로 고소될 수도 있는지요.

안녕하세요. 저는 친족 성폭력 피해와 그 회복 과정을 글로 써서 출판을 준비하고 있습니다. 너무 오래전 어릴 때 일이라서 친족 성폭력을 증명할 증거는 없습니다. 법적으로 처벌을 시도한 적도 없어 걱정이 됩니다. 책은 가명으로 출판할 예정입니다. 제 의도와 상관없이 제 신상이 공개되면 가해자는 가족 중 오빠라서 자연스레 누구인지 알려지게 되는데요. 이럴 때 가해자가 저를 명예 훼손이나 무고죄로 처벌할 수 있는지 궁금합니다. 가해자가 저를 명예 훼손이나 무고죄로 엮지 않게 하려면 제가 어떤 부분을 준비하거나 조심해야 할지 궁금합니다. 도움이 절실합니다. 감사합니다.

일주일 뒤 답변을 받았다. 판례를 여러 건 인용한 긴 글이었다. 공공의 이익을 위해 출판을 하는 경우라면 비방의 목적이 부정되므로 출판물에 의한 명예훼손죄가 성립하기 어렵고, 무고죄는 허위 사실을 수사 기관 등에 자진해 신고하지 않는 한 성립할 수 없다는 정도로 요약할 수 있다. 사실 관계를 더 검토해야 하니 방문해서 법률 상담을 받으라면서, 답변은 단순 참고 자료로 활용하라고 당부했다. 답변을 찬찬히 여러 번 읽고 나니 불안이 적잖이 가라앉았다. 가해자가 특정되지 않게 주의한다면 크게 걱정하지 않아도 될 듯했다.

법은 가해자 편

가해자를 처벌하고 싶다. 그렇지만 법은 가해자에게 훨씬 유리하다. 친족 성폭력을 당할 때는 이 일이 성폭력인지 내가 피해자인지도 제대로 몰랐다. 심각한 트라우마에 시달리게 될 줄은 더욱이 몰랐다. 적절히 대응하기에 너무 어린데다가 힘이 없고 무지했다. 직장에 다니기 시작하면서 경제적으로 독립하고 나니 엄마가 암 투병을 시작했다. 가해자의 어린 자식들도 눈에 밟혔다.

20대에 만난 상담사들도 공소 시효가 남아 있고 법으로 처벌할 수 있는 범죄라는 사실을 아무도 알려주지 않았다. 마흔이 다 돼서야 내 안의 분노를 인식할 수 있을 정도로 심리적 건강함을 회복했다. 가해자를 처벌하고 싶다는 강한 의지가 생겼지만, 공소 시효는 한참 지나 있었다.

공소 시효라는 장벽이 없다고 쳐도 한국의 현행법은 강간죄를 피해자 동의 여부가 아니라 '피해자의 극렬한 저항과 가해자의 폭행이나 협박, 성기 삽입의 유무'로 판단하기 때문에 '성폭행은 맞지만 강간은 아니다'는 동의하기 어려운 판결이 나온다. 내 사례는 강간 미수나 유사 강간이라는 판결조차 받기 어렵다는 뜻이다.

피해자가 이토록 분노하고 친족 성폭력을 저지른 가해자가 범죄를 인정하는 녹음이 있어도 나는 사실상 아무것도 할 수 없다. 공소 시효는 너무나 짧고, 과학적 증거가 있으면 10년이 연장되지만, 녹음 파일은 과학적 증거로 인정받지 못한다.

민사 소송에서 외상 후 스트레스 장애가 발생한 시점부터 소멸 시효를 적용한 판례가 있지만, 정신적 피해 보상을 받으려 하면 멀쩡한 척 열심히 살아온 내 삶의 흔적들이 피해자답지 않다고 발목을 잡는다.

법에 호소할 수 없으니 가해자의 신상 정보를 세상에 폭로하는 방법만 남는다. 폭로하는 상상만 해도 벌써부터 2차 가해가 두렵다. 피해자가 성폭력을 폭로한 뒤 나온 반응들은 익숙하다. 사람들은 파편적인 정보만 접하고 쉽게 단정한다. '소설 쓰네', '돈을 노려서 그런다', '꽃뱀이다', '가만히 있었으면 너도 좋아서 그런 거잖아', '무고죄로 처벌해라' 같은 말을 쉽게 내뱉는다.

가족들이 퍼부을 비난과 관계의 단절도 각오해야 한다. '가정이 있는 가장한테 그렇게까지 해야 하냐', '애들도 있는데', '애들은 무슨 죄니', '새언니는 몸도 아픈데', '그래서 니가 얻는 게 뭐냐', '남새스럽게 그런 걸 밖에 떠들고 다녀야겠냐' 등 엄마가 보일 반응은 안 봐도 뻔하다. 상상력을 발휘할 필요도 없다. 피해자인 나만 탓할 테다. 아니 엄마는 늘 내 상상보다 더 최악의 반응을 보였다.

주의를 게을리하면 명예 훼손으로 내가 당할 수도 있다. 한국 법은 사실을 말해도 명예 훼손이 될 수 있다. 가족도 학교도 국가도 나를 보호하지 않았다. 처벌할 권리도 빼앗아갔다. 나는 아무것도 할 수가 없다. 손발이 묶인 기분이다. 지금의 법은 철저히 가해자 편이다.

엄마, 미투하고 싶어

코로나보다 일찍 시작한 미투 운동이 몇 년째 이어졌다. 일상을 회복한 나는 미투를 하고 싶은 충동을 전에 없이 강하게 느꼈다. 세상이 피해자의 말을 들을 준비가 된 듯했다. 어마어마한 지지처럼 다가왔다.

나를 못마땅하게 여기는 엄마에게 더 상처받고 무시당하기도 싫었다. 엄마를 만날 때마다 내가 자각한 대로 실천하려 하는데 실패할 때도 많다. 많이 달라진 지금도 엄마 폭언에 흔들리고 가족에게 기대를 품고 있다는 상담사 말이 맞았다. 자기 보호를 적절히 해낼 때도 있지만, 연민 때문에 진짜 해야 할 말을 못 하기도 한다. 엄마 심기를 건드릴 만한 이야기는 여전히 못 한다. 멀리 떨어져 사니까, 살 만해졌으니까, 엄마와 나 사이에 남은 숙제를 미룬다.

'고생한 엄마를 어떻게 미워해. 대학 졸업하고 필요할 때마다 돈도 받아 썼으면서. 자식들 버리고 가는 엄마도 많은데 우리 엄마는 그러지 않았잖아.'

내 안에서 나를 비판하는 목소리다. 엄마가 한 고생과 엄마가 한 잘못을 뭉쳐서 생각하는 습관이 있다. 고마운 일은 고마운 일이고 화나는 일은 화나는 일이다. 서로 별개다. 의식적으로 분리해서 대응해야 한다.

가족에게 거는 기대를 포기하기가 쉽지는 않다. 그래

도 심리적으로 독립하려면 포기해야 한다. 변하지 않는 가족에게서 나를 보호하는 방법이기 때문이다. 이 글을 끝까지 쓰는 과정이 내 상황을 더 객관적으로 정리하면서 가족에게 남은 미련과 기대를 마저 내려놓는 데 도움이 됐다. 엄마가 내 말을 막아도 멈추지 말고 말하는 힘을 키우라는 상담사의 당부를 마음에 새겼다.

내가 미투를 한다고 말하면 가족들이 어떻게 반응할지 보기로 했다. 반응에 따라 내게 남아 있는 복잡한 감정이 자연스레 정리되리라 생각했다.

엄마가 병원에 검진하러 온 날이었다. 의사는 수치가 안정적으로 잘 유지되고 있다고 했다. 터미널로 가서 엄마가 탈 버스를 기다렸다.

"엄마, 나 미투 하고 싶어."

"미투가 뭔데?"

엄마는 물었다.

"나도 당했다고 세상에 말하는 거야."

나는 간단히 설명했다.

"아! 하지 마, 하지 마, 하지 마. 다 불행해져. 지금까지 참고 살았으니까 앞으로도 쭉 참고 살아. 잊고 살아. 새언니 몸도 아픈데 너무 불쌍하잖니. 너 그러면 나 제명에 못 죽어."

조금도 망설임이 없었다. 여전히 엄마의 생각은 확고했다. 단 한 번도 대화가 잘 통한다고 느낀 적이 없어서 놀랍지도 않았다.

가족에게 남은 기대

언니에게도 미투 하고 싶다는 메시지를 보냈다. 우리 두 사람이 오빠 성폭력을 다시 꺼낸 일은 대학생 때 자취방에서 짧게 대화한 뒤로 15년 만이다. 미투 하고 싶은데 어떻게 생각하는지, 내 편에서 증언할지 물었다. 한동안 답하지 않던 언니가 물었다.

"힘들어? 니가 원하는 게 사과야? 사과받고 싶으면 내가 오빠한테 얘기해줄게."

"아니, 나는 그놈이 고통스럽게 살았으면 좋겠어."

"선택은 니가 하는 건데. 오빠는 가정이 있으니까."

"......"

"시간이 많이 흘렀는데 아직도 힘들어? 괜찮아지지 않아? 그런데 니 잘못이 아니야. 힘들어할 이유 없어."

언니는 계속 말을 이었다.

"엄마가 오빠 편드는 게 아니라 표현이 서투른 거 아닐까."

엄마는 내가 미투를 한다니까 오빠에게 안 좋은 일이
생길까 봐 그제야 무슨 일이 있었냐고 언니에게 물어봤다.
언니도 이제 와 처음으로 물었다. 무슨 일이 있었냐고. 나
는 2주 동안 밤마다 온몸을 만지고 속옷을 벗기고 성기에
손가락을 넣고 마지막 날은 강간하려 했다고, 내가 저항해
서 겨우 강간까지 가지 않았다고 말했다. 언니는 말했다.

"그래도 삽입은 없었잖아."

나를 도우려는 언니 마음은 안다. 그렇지만 이런 표현
은 끝나지 않는 고통의 책임이 피해자에게 있다고 떠넘기
는, 피해자보다 가해자를 보호하는 말이다.

왜 죄를 지은 가해자는 지금까지 평온하게 살까? 이미
중년이 된 오빠의 미래와 오빠의 가정만 그토록 보호받고
망가지면 안 될까? 왜 가해자의 가족만 걱정할까? 겨우
열네 살에 잔인하게 난도질당한 내 영혼과 내 미래는 왜
아무도 걱정하지 않을까? 지금 내게 절실하게 필요한 일
이 뭔지 왜 알려고 하지 않을까? 왜 가해자에게는 아무것
도 묻지 않을까? 어째서 아무도 분노하지 않을까? 왜 가
해자 탓은 안 할까? 왜 진실을 못 볼까?

내가 한 미투 때문에 가해자가 불행해진다고 해도 내
탓은 아니다. 여동생을 반복해서 집요하게 추행하고 강간
하려 한 범죄자이기 때문이다. 가해자가 스스로 저지른

범죄 때문이다. 가족들이 보인 이런 태도는 피해자에게 계속 치명적인 상처를 준다.

미투를 생각하던 중 오빠 성폭력을 다룬 주간지 기사를 읽었다. 오빠 성폭력 사건에서 엄마들은 백이면 아흔아홉 딸을 버린다는 내용이었다. 나는 특수 사례가 아니었다. 오빠 성폭력 피해자가 대부분 겪는 잔인한 현실이었다. 99퍼센트에 속한 내 자리를 통계로 확인하니 위안이 되기보다는 재미없는 공포 영화의 결말을 미리 본 느낌이었다.

엄마나 언니는 통념에 의문을 품거나, 의식적으로 비판적 사고를 하거나, 성폭력 피해를 이해하려고 공부하는 사람들이 아니었다. 나는 앞으로도 저 99퍼센트에 속할 수밖에 없구나 싶었다. 가족에게 이해받고 지지받고 싶은 내 소망은 실현되기 힘들었다. 더더욱 가족에게 남은 기대를 버려야겠다고 생각했다.

25년 만에 가해자가 한 사과

언니는 사과를 받으면 내 마음이 풀리리라 짐작한 모양이었다. 그래서 오빠에게 사과하라고 권했다. 언니는 가해자가 사과하고 싶은데 찾아가도 되냐고 물었다고 전해왔다.

가해자를 만나는 장면은 계획에 없었지만, 일이 이렇게 흐른 만큼 녹음이라도 해두자 생각했다. 내 사정을 잘 아는 친구가 아주 작은 녹음기를 선물했다. 겉으로 보이지 않게 트렌치코트 칼라 안쪽에 녹음기 고리를 바느질했다.

몇 주 뒤 가해자가 사과를 하겠다며 찾아왔다. 내가 사는 곳 근처 카페에서 만났다. 다행이라고 해야 할지 순순히 자기 잘못은 인정했다. 가해자는 여러 번 반복해서 자기 상황을 설명했다.

"안 좋은 기억은 묻어두고 잊으려고 하면서 살았고, 지금 할 수 있는 일을 하면서 살았다."

나쁜 기억은 묻어둔 채 지금 할 수 있는 일을 열심히 하면 극복할 수 있다고, 너는 왜 그렇게 하지 못하냐고 묻는 말로 들렸다. 과거에서 불행의 원인을 찾지 말라는 말을 하고 싶어한다고 느꼈다.

"왜 그랬어? 왜 반복적으로 집요하게 그랬어?"

가해자는 호기심 때문이라고 대답했다. 눈을 동그랗게 뜨고 놀라면서 성폭력을 반복한 적은 없다고 말했다.

"너 한 번만 그런 거 아니잖아. 도대체 몇 번이라고 기억하는데?"

"들킨 날은 기억이 나."

'들킨 날'이라는 말은 안 들킨 날도 있다는 뜻으로 쓴 단어다. 그런데 반복한 적은 없다니 앞뒤가 안 맞았다.

"니가 내 하의 다 벗기고 니 성기 나한테 삽입하려고 했었잖아. 근데 못했잖아."

"그래, 거기까지는 기억나."

"나한테 들켜서 니 방으로 도망가서 자는 척하다가 내가 방에 들어가니까 무릎 꿇고 빌던 일은 기억나?"

"그래."

가해자는 자기가 나를 도울 방법이 뭐냐고 물었다.

"내가 고통스럽게 살았으니까 너도 고통스럽게 살기를 원해."

"애들 대학만 보내고 나면 나를 죽여. 원하는 대로 죽어줄게."

가해자는 말을 이었다.

"나도 어릴 때 모르는 아저씨한테 끌려가 성폭행당했어. 그 일이 떠오르면 화를 내서 풀었어. 너도 그렇게 해라."

기가 막혔다. 너 같은 인간 때문에 세상이 점점 지옥 같아진다고 말해야 했다. 나는 너랑 다르다고, 상처를 핑계 삼아 남에게 분풀이하며 상처 줄 권리가 있다고 생각하지 않는다고, 이 고통의 대물림을 끊고 싶다고, 다음 세대는 더 안전하게 보호받으며 자라기를 바란다고 말해야 했다.

사건 뒤 25년 만에 마주앉아 이야기하니 생각보다 훨씬 형편없는 인간이구나 싶었다. 무의식중에 엄마처럼 나도 그 인간을 번듯한 어른으로, 나보다 더 나은 사람으로 보고 있었다. 그저 허접한 생각을 하는 인간일 뿐이었다. 속이 메슥거리고 심장이 빠르게 뛰고 온몸이 긴장했지만, 무섭지는 않았다. 어처구니 없는 변명과 논리를 듣고 여러 번 머릿속이 하얘지는 통에 드라마처럼 촌철살인 문장으로 가해자 가슴에 비수를 꽂지 못해서 조금 아쉬웠다.

사과를 받아도 응어리가 풀리는 느낌은 전혀 없었다. 지금까지 태연히 살다가 미투 할까 봐 무서워서 서둘러 하는 사과에 무슨 진심이 있을까. 집에 돌아와 녹음기를 열었다. 카페 음악 소리가 거슬리기는 하지만 그래도 대화가 선명하게 녹음된 파일을 확인해서 여러 곳에 복사한 뒤, 약간 안도하고 보람을 느낄 뿐이었다.

가해자를 만나 사과를 받은 뒤

가해자가 자기도 성폭력 피해자라고 한 고백은 충격이었다. 삼 남매 모두 성폭력을 당한 셈이었다. 가족 중에 나만 이런 상황을 알았다. 첫째는 성폭행 피해를 당한 뒤에 여동생을 성폭행했고, 둘째는 성폭행 피해를 외면한 채 살았다. 막내인 나는 오랜 고통의 시간을 지나 상처를 직면하고 치유했다. 〈아기 돼지 삼형제〉의 잔혹 동화 판본 같은 가족사를 어떻게 해석해야 할지 잘 모르겠다. 사람들이 믿어주기는 할까. 그러나 삼 남매 모두 부모에게 도움을 청하지 못하고 혼자 감당한 점은 확실하다. 우리 가정에 문제가 있었고 부모님은 믿고 의지할 수 있는 사람들이 아니었다는 사실을 다시 한 번 확인할 뿐이다.

가해자를 만난 후유증은 생각보다 오래갔다. 며칠 마음이 뒤숭숭하고 말겠거니 했는데, 1주, 2주, 3주, 침대에 누워 무기력한 날을 보냈다. 한 달 정도 지나서야 일상을 다시 찾을 수 있었다.

엄마에게 미투 하고 싶다고 말한 지 3개월 뒤, 의사는 2년 동안 잘 듣던 약이 갑자기 효과가 없고 암이 척추로 전이된 상태라고 퉁명스럽게 말했다. 엄마 등을 쓸어내리며 위로를 건네면서도 속으로 화가 났다. 오빠를 지키려고 병을 악화시켜서 내 입을 막으려 한다고 느낀다면 내 피해망상이 심각한 수준일까.

나빠진 병세가 내 탓은 아니라고 되새기며 죄책감을 느끼지 않으려 애썼다. 의사도 이제 내성이 생길 때가 됐다고 말했다. 엄마는 내가 힘들어할 때 가해자 오빠를 보호하려고 내 입을 막느라 급급했다. 지금까지 내 상처를 철저히 외면하다가 자기가 힘들 때는 무한히 공감받고 싶어하는 모습이 조금은 혐오감까지 들게 한 사실을 엄마는 모를 테다.

용서하지 않아도 된다

지금은 그 어느 때보다 내 안의 분노를 온전히 볼 수 있고 심리적으로 예전보다 더 안정됐다. 그런데도 무엇이 현명한 행동인지 결론을 내리지 못한다. 내 삶을 파괴하고 가족들하고 인연을 끊을 각오를 하면서 가해자가 세상의 비난을 받도록 폭로하는 쪽이 옳을지, 가족들은 최대한 무시하고 평온한 일상을 지키면서 내가 잘살아가는 쪽이 최고의 복수일지. 지금은 평온한 일상에 마음이 가 있지만, 결론을 내리지는 않았다.

위험을 감수해야 하지만, 그나마 내가 할 수 있는 일은 가해자를 특정할 정보는 최대한 숨긴 채 필명으로 책을 내는 정도뿐이다. 지금 당장 세상에 가해자가 누구인지 폭로하지 않는다고 해서 가해자를 용서한다는 뜻은 아니다. 제대로 회복하지 못한 시점에서 서둘러 용서하면 안 된다. 용서한다고 해도 저절로 치유가 되지는 않는다. 반성도 하지 않는 가해자와 범죄자를 두둔한 사람을 피해자가 미리 용서할 필요는 없다. 용서를 말하기 전에 충분히 분노해야 한다. 용서에 집착하지 않는다. 내가 행복하고 잘살면, 더는 어떤 미움이나 원망도 느껴지지 않으면, 그때 용서하면 된다. 남은 평생 가해자를 용서하지 않아도 상관없다. 용서하지 않은 채여도, 치유는 얼마든지 가능하다.

감정은 가장 중요한 진실

주위 사람들은 요즘 왜 이렇게 성범죄가 많이 늘었냐고 궁금해한다. 그럴 때마다 나는 성범죄는 늘 많았고, 성범죄를 뉴스로 다루지 않은 탓이라고 말한다. 성범죄가 뉴스거리가 되는 세상이 왔다. 세상이 많이 달라졌지만, 성폭력이 피해자의 삶에 미치는 영향과 험난한 치유 과정을 사람들은 아직도 잘 이해하지 못한다.

기억하는 한 친족 성폭력이 내 삶에 미친 영향, 회복 과정, 느낀 감정을 섬세하게 기록하려 애썼다. 구구절절 무슨 감상이 그렇게 많냐, 일기장에나 쓸 내용을 왜 공개하냐, 사실과 핵심만 객관적으로 담백하게 말하면 안 되냐고 말하는 사람이 있을 테다. 내 글이 불편한 사람에게 이유를 설명하고 싶다.

성폭력 피해자의 감정을 자세히 쓴 이유는 내 느낌, 내 감정이야말로 내 상처의 진실이기 때문이다. 이성은 늘 '그 일은 과거일 뿐이야. 내 사건은 심한 편도 아니야. 뒤를 보지 말고 앞을 봐' 하고 말했다. 그러나 감정은 '제발 상처를 들여다봐. 그 일이 무엇보다 중요해' 하고 말했다.

고통의 크기는 피해 심각성에 좌우되지 않는다. 피해자가 느낀 고통스러운 감정의 강도로 정해진다. 치유의 실마리도 피해 사실을 말하는 정도에서 그치지 말고 피해자가 느낀 개인적이고 구체적인 감정을 당사자의 언어로 이야기하는 데서 실마리를 찾을 수 있다. 내가 치유 과정에서 체험한 사실이다. 이 부분이 핵심이라고 강조하고 싶다. 이성보다 감정이 훨씬 더 본능적이고 힘이 세다. 이성으로 감정을 억누르는 방식은 해결책이 아니다.

> 생각과 판단이 자신을 그렇게까지 감지하지 못했을 때조차 감정은 자신의 나머지 반쪽을 있는 그대로 느끼고 드러낸다. 그것이 감정이 하는 일이다.
>
> 내 생각이 옳은가 아니면 내 감정이 옳은가. 감정이 항상 옳다.
>
> ─ 정혜신, 《당신이 옳다》, 해냄, 2018

감정에 귀 기울이기(코코 카피탄Coco Capitan의 사진 오마주)

내가 나를 더 잘 알고 싶어서 꿈에 집중한 이유도 많이 다르지 않다. 융은 말했다.

> 꿈은 무의식 상태의 정신을 거짓 없이, 자연 그대로 진실을 보여준다. 꿈은 우리가 그 근원에서 너무 멀리 벗어나 난관에 부딪칠 때 인간의 기본 본성으로 되돌아갈 수 있게 해준다.
> — 제레미 테일러, 《사람이 날아다니고 물이 거꾸로 흐르는 곳》, 이정규 옮김, 동연출판사, 2009

이성은 얼마든지 자기 기만이나 자기 합리화를 할 수 있다. 본래의 나, 진정한 나를 알고 싶어서 거짓말을 못하는 꿈과 감정의 말에 귀를 기울였다. 유명한 사람이 한 말이니까 무조건 따른다기보다는 내가 진지하게 몇 년간 임상 실험을 해본 결과다. 뒤돌아보니 내 감정과 내 꿈은 성실하고 충직하게 항상 내 편이었다. 내 편을 밖에서 찾아 헤맸는데, 이렇게 가까운 곳에 늘 함께 있었다.

피해자는 오랫동안 힘들어하면서 '내가 이상한 사람인가?' 또는 '내가 미쳐버렸나?' 하고 끊임없이 자기를 의심한다. 이럴 때 다른 피해자도 비슷한 경험과 감정을 공유한다는 사실을 확인하면 된다. 그러면 '나 혼자만 이렇지 않구나', '내가 이상하지 않구나', '이렇게 생각하고 이렇

게 느끼는 게 정상이구나' 하고 비로소 안도할 수 있다. 제
정신이 아니고 힘든 마음이 지극히 정상적인 반응이라 확
인하면서 자기 의심을 멈출 수 있다.

무기력, 우울, 무감각 등을 비롯해 심지어 성매매 충동
까지 내가 겪은 많은 고통이 피해자가 겪는 공통 현상이
라는 사실을 뒤늦게 알았다. 더 빨리 알았다면 자책이라
도 덜 하지 않았을까.

8.

글쓰기

어디까지 써야 할까

두려움에 지지 않고 쓰기

어디까지 쓸까? 고민을 많이 했다. 당연히 거짓 없이 써야 하지만, 그렇다고 모든 것을 다 쓸 필요도 없고 그럴 수도 없다. 가난에 관해서는 끝도 없이 쓸 수 있지만 몇 가지 기억을 적는 정도로 충분하다고 생각한다. 친족 성폭력만 쓸지 다른 성폭력 피해까지 쓸지를 고민했다. 처음에는 친족 성폭력만 쓰려 했다. 내가 집중해서 치유한 문제이고, 가장 잘 설명할 수 있는 경험이니까. 친족 성폭력에 관해 쓰는 정도도 사람들이 내 말을 안 믿어줄까 봐 충분히 두렵기 때문이기도 했다. 그러나 결국 다른 피해도 써야 한다는 결론에 이르렀다.

신데렐라는 어려서 부모님을 잃고 계모와 언니들에게 구박을 받다가 왕자님을 만나 결혼한 뒤 영원히 행복하게 살았다는 동화 속 스토리는 현실하고는 거리가 멀다. 신데렐라가 결혼한 상대가 내면의 왕자님이라고 상징적으로 해석한다면 해피 엔딩이 말이 되지만, 실존 인물이 현실에서 겪은 일이라면 결혼한 뒤에도 엄청난 외상 후 스트레스 장애에 시달릴 듯하다.

친족 성폭력이나 아동 학대 피해자들이 겪는 후유증에는 자기 보호 능력의 상실, 파괴적 관계에 머물며 반복해 성폭력을 겪는 상태 등이 있다. 책 몇 권만 봐도 어렵지 않게 확인할 수 있다. 나도 예외는 아니었다. 현실이 그렇다.

피해자들 대부분은 영화 〈나를 믿어줘 — 리사 맥베이 납치 사건Believe Me: The Abduction of Lisa McVey〉의 주인공처럼 영웅적으로 행동하지는 못한다. 학대 가정에서 자란 리사는 납치와 강간을 당하지만 기지를 발휘해 기적처럼 탈출한다. 그리고 가해자인 연쇄 살인범을 검거하는 데 결정적인 구실을 한다. 실화에 바탕한 이 영화를 보면서 주인공처럼 대처하지 못한 내가 부족해 보이고 뭔가 잘못한 듯한 기분이 들어 씁쓸했다. 나는 나를 위험한 상황에 무력하게 내버려뒀다. 그런 나를 이해하고 용서하기란 쉽지 않다. 성폭력 피해가 추가될수록 나에게 더 깊이 실망했고, 자기 혐오도 이루 말할 수 없이 커졌다.

다행히 나는 고통스러운 죄의식에서 빠져나왔다. 그리고 반복해서 성폭력을 당하고 아직 고통에서 빠져나오지 못한 피해자를 생각한다. 내가 다른 성폭력 피해까지 쓰는 이유는 친족 성폭력을 쓴 이유하고 같다. 피해자들이 지옥 같은 마음에서 빠져나올 단서를 하나라도 줄 수 있다면 충분히 의미 있는 일이라 믿기 때문이다.

친족 성폭력만 쓴다면 이 글은 진실에서 멀어지게 된다. 나를 많이 아끼는 어느 친구는 다른 피해까지 써서 책잡힐 빌미를 주지 말라고 말렸다. 그렇지만 피해자가 아무리 주의를 기울여도 피해자를 비난하는 사람은 늘 있었고, 앞으로도 그럴 테다.

비난받는 두려움에 지지 않고 쓰기로 했다.

여섯 살, 너무 어릴 때 성추행

여섯 살 무렵, 할머니 집에서 지낼 때였다. 그날은 여름이었고, 평소하고 다르게 사람이 많았다. 아마도 우리 가족, 고모네, 작은아버지네, 삼촌이 여름 휴가 날짜를 맞춰서 다 같이 모인 듯하다. 삼촌은 미혼이었고, 친구를 한 명 데려왔다. 친근하게 다가온 삼촌 친구는 양손으로 내 손과 언니 손을 잡고 밖으로 나갔다. 시골길을 조금 걸어가다가 언니가 손을 뿌리치고 혼자만 다른 곳으로 가버렸다. 나도 언니를 따라가고 싶었는데, 그러면 삼촌 친구가 서운해할까 봐 계속 손을 잡고 걸었다.

돌계단이 나오자 삼촌 친구는 나를 자기 무릎 위에 앉히더니 내 팬티 속으로 손을 집어넣어 성기를 만졌다. 너무 어려서 그런지 불쾌감도 느끼지 못했다. 그저 어색할 뿐이었다. 하얀 꽃이 보여서 벌떡 일어났다. 꽃가지를 꺾어다가 웃으면서 삼촌 친구에게 건넸다. 분명히 기억한다. 내가 꽃을 건네자 삼촌 친구는 황당하다는 표정을 지었다. '방금 벌어진 일이 꽃을 선물할 만한 정도는 아닌가?' 이 정도가 그때 내가 알 수 있는 전부였다. 그날 저녁 나는 왁자지껄 떠드는 사촌 아이들 속에 섞이지 못하고 혼자 있었다. 설명할 수 없지만 조금 울적한 기분, 소외감 같은 감정을 느꼈다.

여기까지 쓰고 나니 문득 화가 솟구쳤다. 여섯 살 때 일로 지금에야 처음 화가 나다니! 언니는 왜 나하고 같이 있지 않았을까? 다른 데로 가려면 나도 같이 데려가지! 어른들에게 화가 났다. 그 많은 어른들은 왜 낯선 성인 남자가 여자아이를 데리고 집 밖으로 나가는데도 주의를 기울이지 않았지? 왜 나를 보호해주지 않았지? 원망스럽다.

아무한테도 말을 안 한 이유도 의문스러웠다. 열네 살에 당한 오빠 성폭력에 견줘 여섯 살에 겪은 피해는 저항하지 못한 죄책감도 없었다. 아마도 짐작보다 훨씬 더 어릴 때부터 나는 '손 안 가는 아이'이자 '희생하고 참는 아이'로 나를 인식한 듯했다. 있어도 없는 듯 조용히 커야 한다고, 나보다 다른 사람의 기분을 먼저 살펴야 살아남을 수 있다고 믿었다. 소리 내서 울기, 솔직하게 말하기, 싫다고 거절하기, 도움 요청하기는 모두 금지였다. 엄마를 성가시게 하니까, 매를 버는 일이니까, 버림받는 이유가 되니까, 나는 여섯 살 그 전부터 무의식중에 침묵과 순응이라는 집안의 규칙을 몸과 마음에 새겨왔다. 그 사실이 이제야 보인다.

할머니 집에 혼자 맡겨지면서 유기 공포를 내면화한 일도, 최초의 성폭력 피해도 여섯 살 때 벌어졌다. 너무 어릴 때부터 건강한 성장을 방해하는 요소가 많았다. 내면의 건강함을 기를 수 있게 아무 걱정 없이 세상에 흥미를 느끼는 시절이 조금 더 길었다면 얼마나 좋았을까. 그렇게 아이다운 천진함과 발랄함을 너무 일찍 잃어버린 사실을 처음 인식했다. 그 상실이 나는 슬펐다.

누군가 인생에서 가장 행복한 때를 물으면 초등학교 입학 전 할머니하고 보낸 1년이라고 말했다. 기분 좋은 기억만으로 편집한 여섯 살을 훼손되지 않은 건강함의 뿌리이자 증거로 남겨두고 싶어한 내 마음을 나는 안다. 내 인생이 완전히 폐허는 아니라고 말할 수 있게 그 기억을 마지막 피난처로 삼은 마음을 나는 안다. 그런데 그 마음이 진실을 오래 가리고 있었다.

더는 그 시절이 마냥 즐거웠다고 말할 수 없다. 그건 거짓이라는 진실이 드러났고, 이제는 나 자신에게 하는 거짓말을 멈춰야 한다. 진정한 나를 찾으려면 나 자신에게 하던 거짓말을 멈춰야 하기 때문이다.

성인, 직장 성폭행

학자금 대출 상환 날짜에 쫓기듯 입사한 회사는 일에 체계도 없고 분위기도 권위적이었다. 퇴근하고 〈9시 뉴스〉를 보는 일이 소원일 정도로 매일 야근을 했고, 휴일에도 출근해야 했다. '첫 직장에서 못 버티면 이직도 어렵다'는 주위 사람들의 걱정과 꼬박꼬박 갚아야 하는 대출금 때문에 억지로 버텼다.

1박 2일로 떠난 회사 워크숍에서 직장 성폭행을 처음 겪었다. 낙하산으로 들어온 사장 조카가 여자만 자는 방에 들어와 내 상의 속으로 차가운 손을 쑥 넣어 가슴을 움켜쥐었다. 화들짝 놀라면서도 비명을 지를 수가 없었다. 아침이 밝자 사장 조카에게 사과하라고 했다.

"좋게 좋게 넘어가자. 되게 까칠하게 구네."

다음날 출근하니 사장에게 두터운 신임을 받는 다른 부서 여자 과장이 나를 불렀다.

"니가 이해해야지, 어쩌겠어."

같은 부서에서 일하는 또 다른 여자 상사는 자초지종을 다 알면서도 예정대로 사장 조카하고 결혼식을 올렸다. 사과도 징계도 없었다. 위로해주는 사람도 하나 없었다. 그래도 회사를 꾸역꾸역 다녔다.

어느 날 거래처하고 술 약속이 있다며 먼저 퇴근한다

는 K 과장한테 나도 가도 되냐고 물었다. 야근이 지겨워 장난처럼 건넨 말인데 K 과장은 잠시 머뭇하더니 따라오라고 했다. 거래처 사람을 만난 곳은 겉은 고급 노래방인데 자리에 앉자 갑자기 여자들이 우르르 들어왔다. 여자들은 젊은 여자가 손님으로 앉아 있는 모습에 의아해했다. 이내 남자들은 마음에 드는 여자를 한 명씩 골라 옆에 앉혔다.

그때서야 그곳이 고급 노래방이 아니라는 사실을 알았다. 그때 자리를 떠야 했는데, 나 때문에 분위기 망칠까 봐 먼저 일어나지 못했다. 내가 어색해하면 사람들이 불편할까 태연한 척하며 앉아서 버텼다.

폭탄주를 딱 한 잔 마신 기억밖에 없다. 눈을 뜨니 K 과장이 벗은 내 몸 위에 있었다. 나하고 눈이 마주치자 K 과장 잠시 당황했다. 시계를 보니 출근 시간이었다. 너무 놀라 생각할 겨를도 없이 낯선 모텔 방을 나왔다. 집에 들러 샤워를 하고 옷을 갈아입고 출근했다. 주량이 적지 않은데 겨우 폭탄주 한 잔에 필름이 끊기다니 이해하기 어려웠다. 유부남인지 뻔히 아는 직장 상사하고 성관계를 한 사실도 이해하기 어렵기는 마찬가지였다.

술자리에 따라간 사람도, 유흥업소인 줄 알면서도 자리를 박차고 나오지 못한 사람도, 유부남인지 알면서 관계를 한 사람도 나였다. 죄책감이 밀려왔다. 그 뒤에도 K 과장은 나를 일방적으로 끌고 다니며 성관계를 했다.

어느 날 다른 부서 여자 과장이 다시 나를 불렀다. K 과장하고 사귄다는 소문이 돌던데 사실이냐고 물었다. 나는 아니라고 대답하면서도 주의하겠다고 했다. 나를 나무라는 듯한 여자 과장의 태도 앞에서 소문까지 돈다는 말을 듣자 세상에서 사라져버리고 싶었다. 나는 완전히 탈진했다. 더는 버틸 힘이 없었다. 침대에 누워서 꼼짝할 수 없었다. 처음으로 무단결근을 했다. 아프다고 둘러댈 정신도 없었다.

그날 K 과장은 경찰을 대동하고 현관 앞에 나타났다. 문을 쾅쾅 두드리고 전화를 걸어도 내가 문을 열어주지 않자 열쇠공을 불러 문을 따고 집 안으로 들어왔다. 눈을 꼭 감고 계속 침대에 누워 있었다. 경찰은 내가 자해한 흔적을 살폈고, 외상이 없다는 사실을 확인하고는 열쇠공하고 함께 금방 돌아갔다. K 과장은 남겨둔 채. 그리고 그날도 성관계를 했다. 그 뒤 회사에 사표를 낸 적도 없는데 나는 빠르게 퇴사 처리를 당했다. K 과장이 회사에 어떻게 둘러대고 퇴사를 시켰는지는 지금도 모른다.

퇴사한다고 해서 그 관계가 자동으로 끝나지 않을 듯했다. 문을 걸어 잠근 내 집조차 더는 숨을 수 있는 곳이 아니었다. 모두 버리고 사라지는 방법밖에 없었다. 아무도 모르게 중요한 물건만 챙겨서 이사를 했다. 낡은 빌라에 들어올 다음 세입자인 외국인 노동자는 쓰던 살림살이를 놓고 가겠다는 제안을 기쁘게 받아줬다. 덕분에 더 조용히 이사할 수 있었다. 핸드폰 번호도 바꿨다. 우연히 마주칠까 봐 첫 직업으로 선택해 2년간 몸담은 업계를 영원히 떠났다. 그렇게 벗어났다.

추잡한 관계가 몇 주인지 몇 달인지 기억해보려 애썼는데, 잘 모르겠다. 무척 길다고 느꼈는데, 괴로워서 시간 감각이 왜곡된 탓일 수도 있다. 스물여섯 살이던 나는 이 경험을 해석할 적절한 언어가 없었다. 무의식중에 '불륜'이라는 이름표를 붙였고, 그러자 아무한테도 말하지 못할 부끄러운 일을 저지르고 아무하고나 섹스하고 다니는 내 문제가 돼버렸다. 다르게 해석할 여지가 모두 닫혔다. 불륜이라는 꼬리표를 단 이 경험을 마음 깊이 묻어둔 채 절대 들여다보지 않았다.

이 경험을 다르게 해석할 수 있는 가능성을 열어준 계기는 2019년에 일어난 버닝썬 사건이었다. 뉴스를 보다가 '물뽕'이라는 무색무취의 강간 약물이 있다는 사실을 처음 알았다. 물뽕 피해자들이 하는 증언이 내 경험하고 너무 똑같아 소름이 돋았다. 다른 강간 약물도 모두 비슷하다고 한다. 그제야 의문이 풀리고 퍼즐이 제대로 맞춰지는 느낌이었다. 소주 두 병은 몰아 마셔야 필름이 끊길 정도로 술이 센 내가 폭탄주 한 잔에 기절하는 일은 그전에도 그 뒤에도 결코 없었다. 술을 먹고 필름이 끊겨도 중간중간 기억이 나고 괴로운 숙취가 따라왔다. 그날은 달랐다. 열두 시간 가까이 완벽하게 기억이 사라졌고, 숙취도 전혀 없었다. 이때도 흔한 강간 수법조차 모른 내 무지를 탓할 뿐 지난 일을 제대로 들여다볼 엄두는 나지 않았다.

또 다른 치유 과정

친족 성폭력 말고 다른 성폭력 피해도 쓰기로 결심하고 기억을 더듬으면서 플래시백이 시작됐다. 지난 2년간 평온하던 마음 상태를 잃은 나는 자주 무기력해지고 잠을 설쳤다. 일에 집중할 수 없어서 곤란했다. 플래시백이 시작되고 나서야 제대로 들여다보기 시작했다. 친족 성폭력을 치유한 경험 덕분에 외면은 해결책이 아니라는 사실을 잘 알았다. 그리고 내가 그런 인생을 산 이유가 정말 궁금했다. 치유에 온전히 집중하고 싶은데 생계를 내려놓을 수 없는 현실이 원망스럽기도 했다.

기억을 하나하나 따라가다 보니 조금씩 자세한 정황이

기억나고 뭔가가 새롭게 보이기 시작했다. 처음 무단결근한 날 K 과장은 경찰에게 뭐라고 둘러댔을까. K 과장은 내가 자해할 위험이 있다고 경찰을 설득한 듯하다. K 과장은 내가 무너져가는 상황을 알고 있었다. 그래서 잠적한 지 몇 시간 만에 생사를 확인하러 왔을 테다. 내가 극심한 심리적 고통에 시달리는 줄 알면서도 그날 또 성관계를 했다.

의식이 없는 상태에서 한 성관계에 뒤이어 의식 있는 상태에서 저항하지 못한 성관계가 한 번, 두 번, 세 번, 마지막인 네 번까지 추가될수록 나는 감히 나 자신에게도 내가 피해자라고 말할 수 없었다. 전혀 동의가 없던 첫 성관계의 심각성이 점점 희석되고 있다고 생각했다. 내가 시도한 거부는 생리를 핑계 삼아 집에 가려던 때뿐인데, K 과장은 '친절하게' 직접 생리대를 사 왔다. 그날도 모텔에 가서 성관계를 해야 했다.

얼마 전까지 내가 피해자 같으면서도 마음 한쪽에서는 피해자라 주장할 자격이 없다고 느꼈다. 이때 하인츠-페터 뢰어가 쓴 《괜찮아, 그건 네 잘못이 아니야》에서 읽은 내용이 떠올랐다. '내가 겪은 일이 다른 사람에게 일어난 일이라고 상상하는' 방법이 생각을 정리하는 데 도움이 됐다.

나하고 똑같은 일을 겪은 다른 여성을 만난다고 상상

했다. 나는 당신이 처음 맺은 성관계는 심신 상실 상태를 강제로 만든 뒤에 벌어진 강간이며, 그 뒤 의식 있는 상태에서 맺은 성관계는 처음 강간이 벌어진 뒤 심리적 무능 상태에 놓인 피해자를 대상으로 한 위력에 따른 성폭력, 그루밍 성폭력이 뒤섞인 성폭력이라고 의심의 여지없이 말했다. 그리고 상상 속 가해자에게 강도 높은 분노를 느꼈다.

시간이 조금 더 지나 13년 전 내가 느껴야만 하던 슬픔과 분노가 아주 늦게 도착했다. 이제야 처음에 기절하듯 잠든 상태에서 일어난 성관계는 강간이라고, 성관계가 더 있건 없건 그 진실은 변하지 않는다고, 두 가지는 별개로 생각해야 한다고 깨달았다. 스스로 술자리에 따라가고 자리를 박차고 나오지 못한 나를 자책하느라 잠든 나를 (나는 약물을 먹었다고 확신하지만 만에 하나 술 한 잔에 기절했더라도) 동의 없이 모텔로 데려가 옷을 벗기고 성관계를 한 행위는 강간이라는 사실을 지금까지 인식하지 못한 현실이 놀랍다. 첫 강간을 저지른 뒤 K 과장이 내게 관심을 기울이면서 큰 회사로 옮길 때 꼭 데려간다며 직업적 재능을 인정해주고 칭찬해준 일과 이어진 성관계는 모두 강간을 유야무야 넘어가려는, 나를 확실히 입막음하고 통제 범위 안에 가둬서 성 착취를 이어가려는 위선이라는 사실을 지금에야 깨닫는다.

경찰은 실종 신고도 안 돼 있고 잠적한 지 며칠 지난 때도 아닌데 K 과장의 말만 듣고 현관문 강제 개방을 허락했다. 성폭력 가해자한테 피해자 집 문을 열어준 꼴이다. 그러고는 가해자를 피해자 집에 남겨둔 채 떠났다. 경찰이 떠나면서 K 과장도 함께 집 밖으로 나오도록 주의를 기울였다면, 괴로운 기억 하나가 더해지는 일은 막을 수 있었다.

첫 직장에서 사장 조카에게 추행당한 때는 문제 제기라도 했다. 왜 그런 행동조차 못 했을까. 중요한 차이점이 있었다. 우선 K 과장은 내가 속한 부서의 직속 상관이었다. 고작 중소기업 과장이라는 쥐꼬리만 한 지위를 이용해 위력에 따른 성폭력을 저지른다는 주장이 그리 설득력 없어 보일지도 모르겠다. 그러나 사회생활을 시작한 지 얼마 안 된 나에게 나이가 훨씬 많은 과장은 두려운 권력자였다. 그 회사에서 부서장이 여성 대리 한 명을 대놓고 망신 주고 왕따시켜 결국 스스로 사표를 쓰게 하는 모습을 바로 옆에서 지켜봤다. 상사 눈 밖에 나는 일은 어떻게든 피하고 싶었다.

불평등한 권력 관계 안에서 나는 온전한 성적 자기결정권을 행사할 수 없었다. K 과장은 성적 요구뿐 아니라 모든 영역에서 단 한 번도 내 의견이나 동의를 구하지 않았다. 군대 문화가 만연한 회사에서 K 과장은 명령하는 상사이고 나는 지시를 따라야 하는 부하일 뿐이었다. 사장 조카에게 성추행을 당한 때 회사에서 아무도 피해자인 나를 지지해주지 않은 경험도 내가 쉽게 자포자기하는 데 영향을 미쳤으리라.

계속해서 피해를 당한 이유를 찾아 더 거슬러 올라가면, 나는 이미 정서적 학대와 신체적 학대, 친족 성폭력, 가난을 관통하면서 내면의 건강함을 잃은 지 오래된 상태였다. 나도 자기 방어에 최선을 다하는데도 피해를 당한 완벽한 피해자이고 싶다. 그러나 현실은 다르다. 나는 철저히 무방비 상태였다. 조금만 눈치 빠른 이라면 내 심리적 취약함을 알 수 있었다. 나는 남자들에게 쉬운 먹잇감이었다.

스물여섯의 나는 그래도 K 과장이 나를 조금은 아끼고 위해준다고 착각했다. 현실이 너무 괴로워서 그렇게 포장한 건지 모르지만, 심각한 오판이었다. 존중이나 배려는 전혀 아니라는 사실을 지금은 안다. 그런 착취 관계에서 조금의 위안이라도 얻고 싶어할 만큼 외롭고 취약한 상태에 있었다. 나는 지난날 매 맞는 아이처럼 무력하게 상황을 받아들였다. 언제나 그러하듯 나에게서 원인을 찾고 죄의식을 느꼈다. 습관대로 철저히 외면하며 살았다. 그래서 이 경험은 아주 오랫동안 자기혐오가 더 심해지는 데 추가되는 이유 중 하나 정도로 해석될 뿐이었다.

이제 침묵, 순응, 축소, 외면 등 이 모든 것들이 아주 어릴 때부터 몸과 마음에 각인된 생존 전략이라는 사실을 깨달았다. 이 깨달음이 이 경험을 들여다보면서 얻은 가장 의미 있고 값진 발견이다. 아이일 때는 이런 생존 전략이 유용했다. 성인이 된 뒤에는 더는 효과적이지 않을 뿐 아니라 오히려 해로웠다. 이런 현실을 인식하고 나면 마치 생명줄처럼 집착하던 생존 전략을 내려놓을 수 있다. 이제는 전혀 쓸모없는 생존 전략을 유지하느라 거의 모든 자원을 쏟아부으며 애쓰는 시간을 멈출 수 있다. 나쁜 패턴에서 벗어날 가능성이 열린다. 지금의 나에게 가장 이로운 생존 전략을 새롭게 탐색하게 된다.

도망치는 모습이 영웅적이지는 않지만, 나 자신을 보호하는 행동이라는 사실을 이제는 안다. 나는 결코 영웅이 아니었다. 나는 골든 타임 안에 증거를 수집하지 못했고, 신고도 사과 요구도 적극적 저항도 하지 못했다. 쉽게 낙담했다. 그러나 위험에 빠진 때마다 항상 마지막에 나를 탈출할 수 있게 한 사람 또한 나였다. 지금까지 아무 가치도 부여하지 못한 이 사실을 앞으로는 잊지 않으려 한다.

그렇게 외면하지 않고 들여다보면서 하나씩 더듬더듬 알게 됐다. 별일 아닌 일에서 별일로, 사소한 일에서 심각한 일로 이 경험의 무게감이 달라졌다. 그럴 수밖에 없던 나를 조금은 이해하게 됐다. 한 달 정도 이어지던 플래시백도 점점 사라졌다.

직접 증거도 없고 공소 시효도 지났다. 법적으로 처벌할 수 없다는 현실은 알지만, 내가 이 경험에 관련된 진실을 제대로 알고 있다는 사실은 중요하다.

남은 숙제

이 글은 내가 상처를 다 극복한 상태라고, 이제 그 일은 과거일 뿐 내 인생에 아무런 영향도 미치지 못한다고 자랑하려고 쓰지 않았다. 평범한 일상을 살아갈 수 있는지를 치유 기준으로 삼으면 나는 분명 치유됐다. 일상 회복이 내가 생각하는 가장 중요한 치유 기준이기도 하다.

자기혐오와 자기 비하, 자책, 무기력, 우울의 늪에서 빠져나왔다. 하루 종일 플래시백에 시달리지 않고 하루하루 현재를 사는 건강한 일상을 회복했다. 스트레스가 없지는 않지만, 대부분 노동자로 살면서 느끼는 감정일 뿐 성폭력 피해자가 겪는 후유증은 많이 옅어졌다.

변화는 하나씩 순차적으로 일어나지 않았다. 동시다발적이었다. 절박하게 애쓰기도 했지만, 어떤 변화는 저절로 일어난 듯도 했다. 치유는 한 번의 경험으로 완성되지 않는다. 끝없는 순환 과정이다. 어쩌면 평생 해야 하는 작업이다. 그래도 부정적 감정에 매몰되지 않고 일상을 살아갈 수 있는 상태를 회복한 사실은 아주 중요한 성과다.

치유 기준을 가해자와 2차 가해자를 향한 원망과 분노의 해결로 삼으면 성적표는 초라할 수밖에 없다. 가해자와 2차 가해자는 여전히 변하지 않았다. 처벌이나 비난을 전혀 받지 않은 탓에 한계가 있을 수밖에 없다. 그래서 상처가 많이 치유된 뒤에도 해결하기 어려운, 끝까지 남은 감정은 분노다. 아직도 불쑥불쑥 분노가 치밀어 오를 때가 있다. 자주 운다. 플래시백 때문에 밤잠을 설치기도 한다.

그래도 내가 이런 감정을 잘 다루지 못한다고 예전처럼 자책하지는 않는다. 더 견딜 수 없을 만큼 고통스러운 감정들이 나를 변하게 했다. 고통 덕분에 고통스러운 감정을 느끼는 바로 그 일에 관심을 쏟을 수 있었다. 이성은 그 문제를 외면하라고 말했지만, 감정은 그 문제야말로 가장 우선순위로 다뤄야 한다고 분명히 알려줬다. 그래서 마지막까지 남은 분노라는 감정에도 필요와 이유가 있다고 믿는다. 빨리 치워버려야 하는 감정이라 생각하지 않는다. 당분간은 공존하면서 이 감정이 내게 전하려는 메시지를 찬찬히 들여다보려 한다.

"내가 화를 낼 때는 화를 낼 만큼 내 존재가 소중하다는 걸 알기 때문입니다."

엘렌 베스와 로라 데이비스가 쓴 《아주 특별한 용기》에 나오는 어느 피해자가 한 말이다. 인권을 침해받을 때 자기 스스로 분노할 자격이 있다고 믿는 사람만이 분노할 수 있다. 분노라는 감정을 느낀다는 사실은 치유의 여정에서 적어도 몇 걸음은 나아간 증거다.

가장 우아한 복수

분노의 힘을 이용해 복수를 꿈꾼다. 가족에게 남은 기대를 버리고 흔들리지 않는 단단한 사람이 되겠다. 가족들이 뭐라 해도 훌훌 털어낼 수 있는 건강한 사람이 되겠다. 늘 배우고 현명하고 지혜로운 사람이 되겠다. 자기를 보호할 줄 알고 부당한 일을 당하면 내 권리를 주장할 줄 아는 사람이 되겠다. 내 처지가 힘들고 상처받은 적 있다는 이유로 다른 사람에게 상처 줄 수 있는 면죄부를 받은 듯 행동하는 사람들처럼 살지 않을 테다. 인간성을 지키고, 좋은 사람들을 만나 마음을 나누며, 의미 있고 충만한 삶을 살겠다.

오늘 저녁 뉴스는 또 한 명의 피해자가 스스로 세상을 등진 소식을 전했다. 더는 피해자가 죽지 않기를 바란다. 그리고 기필코 살아서 증언하겠다. 소녀들이 더 안전한 세상을 위해 내 목소리가 필요한 곳이 있다면 찾아가겠다. 분노의 힘을 이용해 이 글을 끝내 완성하겠다. 가해자의 행동을 낱낱이 기록하고, 더 많은 사람을 피해자 편으로 만들겠다. 글쓰기는 내가 상상할 수 있는 가장 우아한 복수다.

정신 똑바로 차리지 않으면 사람들이 흔히 하는 소리가 맞는 말처럼 들린다. 통념에 세뇌당하지 않으려고 여성주의를 공부한다. '너 잘 되라고 하는 말'에 상처받지 않으려 여성주의를 공부한다. 페미니즘 덕분에 나는 새롭고 더 나은 질문을 할 수 있게 됐다. 제대로 된 질문을 찾으면 그 질문에 맞는 답을 찾는 일은 어렵지 않다. 내 배움이 페미니즘 전문가 수준은 아니어도, 하나를 인식하면 삶에 바로 적용하고 삶을 바꿀 수 있어서 좋다.

가해자와 가해자를 감싸기만 하는 가족을 넘어 이 사회에 분노하지 않을 수 없다. 부모 뽑기 운이 없는 아이들에게 이 사회는 너무도 무관심하다. 가난하고 방치된 아이들이 쉽게 폭력의 희생자가 되도록 내버려둔다. 경제적 가난뿐 아니라 정서적 가난도 마찬가지다. 부모 뽑기에서 꽝을 받은 내가 도움을 요청할 유일한 희망은 학교였다. 그렇지만 공교육은 성교육을 포함한 인권 교육을 철저히 포기했다. 지금도 크게 나아지지 않았다.

상처는 개인의 의지만으로 쉽게 치유되지 않는다. 꽤 많은 돈과 시간이 든다. 나는 돈 벌어 치유에 쏟아붓고 있지만, 돈 노리고 거짓말한다는 오해를 사기 싫어서 가해자에게 배상은 요구하지 않는다. 자기 잘못이 아닌 일로 오랫동안 고통받는 피해자들이 사회의 건강한 성원으로 다시 일어날 수 있게 국가는 더 많은 지원을 해야 한다.

9.

치유를
유지하기

걷기 예찬

이혼한 뒤, 다시 혼자 살게 되고 아무 눈치도 볼일이 없으니 시간이 흐를수록 규칙적인 생활 패턴이 무너질 때가 종종 있다. 그럴 때는 자연스레 심리적 불안도 같이 높아졌다. 우울감과 무기력은 오래된 습관 같았다. 벗어나고 달라지고 싶었는데 어디서 시작해야 할지 알 수 없었다. 이런 고민을 털어놓자 상담사와 주위 사람들은 하나같이 운동을 제안했다. 실제로 운동을 해보니 마음 움직이기보다 몸 움직이기가 훨씬 쉬웠다. 일단 한두 시간 운동을 한 날이면 '오늘도 제대로 한 일이 없고 나는 정말 게으르구나' 하는 자책을 막을 수 있었다. 식욕도 늘고 불면증도 나아졌다. 햇빛을 보니 우울감도 많이 사라졌다. 악순환의 고리를 끊고 선순환을 새롭게 만드는 가장 쉽고 확실한 방법이 운동이었다.

요가와 수영 등 다양한 운동을 해봤지만 걷기 운동이 가장 좋았다. 어느새 나는 걷기 예찬론자가 됐다. 프로그램 시간에 맞춰 가지 않아도 되고, 혼자 다녀도 자연스럽고, 여러 사람하고 좁은 공간에서 어색하게 있지 않아도 된다. 잘 한다 못 한다 평가받거나 거울에 비친 내 모습을 다른 사람하고 비교하면서 스트레스 받을 일도 없다. 돈도 들지 않는다. 심지어 머리도 좋아지는 기분이다. 적어도 날씨 핑계는 대지 않고 거의 매일 운동을 하며 습관으로 만들었다.

일에서 도망치지 않기

일을 하면서 자기 효능감을 느끼고 경제적 기반을 유지하는 문제는 심리적 안정감을 찾는 데 중요하다. 그래서 일에서 성과를 내려고 노력해야 했다.

일할 때 나는 어떤 사람인지 처음으로 가만히 들여다봤다. 일을 너무 잘하고 싶은데 잘하지 못할까 봐 걱정이 돼 미루고 도망 다니는 습관이 있었다. 시작이 어려웠다. 마감을 코앞에 두고 서두르다 보니 제 실력을 발휘하지 못했다. 일을 미루고 도망 다니는 시간은 쉬어도 쉬지 못한다. 한쪽 마음이 늘 찜찜하고 무엇도 제대로 못해서 괴롭다. 나 같은 소심한 완벽주의자에게는 특별한 주문이 필요했다.

"잘하려고 하면 마비됩니다. 대충 하세요."

H 상담사가 한 조언을 듣고 뒤통수를 세게 맞은 듯했다. 전혀 새로운 해법이었다. 최선을 다하자, 이번에는 진짜 제대로 해보자는 각오가 나한테는 소용이 없던 이유를 그 말을 듣고서야 이해할 수 있었다. 최선을 다하자는

각오는 하면 할수록 부담만 커져서 더욱더 회피하게 되는 악순환을 반복했다.

상담사가 해준 조언을 따라 하루하루 달성하기 쉬운 목표치를 세웠다. 먼저 대충한 뒤 나중에 한 번 더 고치자고 마음먹었다. 이렇게 마음먹는다고 해도 나는 절대 대충하지 못하는 성격이었다. 나중에 해놓고 보면 고칠 게 별로 없었고, 대충 처리하는 방법을 몰랐다. 그래도 일 앞에서 도망치는 버릇을 고치기 위해 스스로 주문을 걸었다. 일을 작은 단위로 나눠서 가장 쉬운 것부터 하나씩 했다.

캐럴 드웩이 쓴 《마인드셋》도 반복해서 읽었다. 덕분에 일을 앞에 두고 부담을 느끼는 나를 이해할 수 있었다. 나는 일을 할 때 타고난 재능과 능력을 증명하려고 했다. 실수와 실패를 재능이 없다는 뜻으로 받아들였고, 그래서 도전 앞에서 잘하지 못할까 봐 도망치고 싶었다. 재능은 꾸준한 노력의 결과물이라는 새로운 마음가짐이 도움이 됐다. 해보기 전에 자기 자신을 의심하지 말자고 생각했다.

나는 점점 달라졌다. 그전에는 일이란 그저 돈벌이, 하기 싫은데도 재주가 이것밖에 없어서 하는 밥벌이였다. 지금 하는 일이 무엇인지 구체적으로 밝힐 수는 없지만, 나는 내 직업을 다르게 보기 시작했다. 내 직업은 프리랜서로 할 수 있어서 출퇴근 지옥철에 기운을 빼지 않아도 됐다. 다른 사람 감시 없이 혼자 일하기를 좋아하고 꼼꼼하면서 차분한 성격에 참 잘 맞았다. 고요하고 자유로운 일상을 가능하게 해주고, 오래할수록 잘할 수 있는 일이었다. 이렇게 그동안 보지 못하던 내 직업의 장점도 하나씩 인식하고 새로운 의미를 줄 수 있었다.

마지막 회사 생활에 비교하면 수입이 조금 줄었지만, 회사 생활에서 오는 스트레스를 풀고 보상받으려는 심리가 발동한 쇼핑이나 외식 등 보복 소비도 함께 줄어서 별 문제가 없었다. 출퇴근이나 무의미한 회의 시간도 사라져 삶의 질은 더 높아졌다. 어쩔 수 없이 하던 일이 이제는 정말 감사하고 소중한 직업으로 변했다. 도망치지 않고 끝까지 해낸 결과물이 쌓였다. 인생에서 처음으로 일에서 유능함을 느끼는 값진 경험을 할 수 있었다.

이제는 이렇게 자기 평가를 할 수 있게 됐다.

'나는 한 가지 일을 오래하면 잘하는 사람이구나.'

자신을 믿을 근거 만들기

나한테는 자기를 긍정하고 자존감을 높이는 데 남들이 해주는 칭찬이 별 소용이 없었다. 상대는 진심으로 하는 말이고 내게 아부를 할 이유가 전혀 없는 상황인데도 '나 기분 좋아지라고 하는 말이겠지' 하고 대수롭지 않게 넘겨 버렸다. 긍정적인 생각을 해라, 희망을 가져라, 자신을 사랑하라는 말은 맞는 말, 옳은 말이지만 내 마음에 와닿지 않았다.

나를 믿을 근거가 필요했다. 나를 믿을 수 있는 근거를 매일 작아도 하나씩 만들어야 했다. 의심 없이 납득할 수 있어야 한다는 점이 가장 중요했다. 차곡차곡 근거를 만들어서 생긴 믿음과 자존감은 쉽게 흔들리지 않았다. 내 행동들이 모두 그런 믿음을 단단히 다지는 근거가 됐다. 나를 믿게 된 근거들은 이렇다.

꾸준히 운동한다.

일에서 도망치지 않고 마무리까지 해낸다.

내 상처를 직면하고 심리학을 공부하고 자기 분석하고 글도 쓴다.

그렇게 찾아낸 문제점들을 고치려 행동한다.

규칙적으로 생활하고 되도록 신선한 식재료로 건강한 음식을 차려 먹는다.

살림을 정갈하게 한다.

다시 사람을 믿어도 될까?

치유 뒤 고요하고 소박한 일상

일상을 회복한 뒤 2년 넘게 편안한 마음을 잘 유지하고 있다. 치유 이전에는 인생을 형벌이 아니라 축복으로 느끼는 일은 절대 불가능하다 여겼다. 지금은 인생을 형벌처럼 느끼지는 않는다. 축복처럼 느낄 때도 드물게 있다.

치유 뒤에 맞이하는 일상은 고요하다. 일하고, 운동하고, 살림하고, 글 쓰고, 넷플릭스 보고, 책 읽는 일상을 매일 반복해서 산다. 사람을 잘 안 만난다. 친밀한 사람 몇몇만 가끔 보고 공허한 관계는 애써 유지하지 않는다. 상처받기 싫어서 그런지, 내가 원래 혼자 있기를 좋아하는 사람이어서 그런지 알 수 없다. 그냥 이런 사람이 돼 있는 나를 발견할 뿐이다. 번잡한 인맥을 유지하느라 바쁜 삶보다는 내게 중요한 일에 집중하는 고요하고 소박한 일상이 좋다.

고요한 일상을 흔드는 일에 적절히 대응하려 노력한다. 더는 고향집에 가지 않는다. 가족들이 하는 연극에 도저히 동참할 수 없기 때문이다. 엄마는 여전히 가끔 내 집에서 지내고 싶어한다. 그럴 때마다 이렇게 말한다.

"일주일은 안 돼. 하루만 자고 가. 나도 내 생활이 있어."

엄마는 대답한다.

"드럽고 치사하다."

계속 상처받는 딸보다 더럽고 치사한 딸이 낫다.

자기 보호가 서툴 때도 있다. 운동하러 다니는 산에서 한 노인이 말을 걸어왔다. 대화하고 싶지 않다고 거절하는데도 마주칠 때마다 말을 걸었다.

"결혼은 했나요?"

남편이 있어야 만만하게 보지 않을 듯해 그렇다고 대답했다. 그래도 볼 때마다 물었다.

"진짜 결혼한 거 맞아요?"

"집 앞까지 같이 걸어도 됩니까?"

"얼굴 좀 보게 마스크 벗어봐요."

말도 안 되는 요구를 여러 차례 했지만, 모두 거절했다.

"거참, 웃으며 대화 좀 해주면 안 되나."

노인은 되레 언짢아했다. 산에 갈 때마다 그 노인하고 마주칠까 봐 불안해서 운동할 때 느끼던 상쾌함과 성취감도 사라졌다. 그런데 나를 돌아보니 기분이 많이 상한 상태인데도 티내지 않으면서 친절하고 예의 바르게 대하려 했다. 되돌아보니 기출 변형 같은 상황에 제대로 대처하려면 나는 아직 멀었다. '내 기분을 상하게 한 사람에게는 웃음도 친절도 금지'라고 다시 다짐했다.

그 노인은 친절하게 대할 가치가 없는 사람이다. 한동안 지켜보니 남성에게는 말을 안 붙이고 자기보다 스물이

나 서른 살은 어린 여성에게만 치근대는 사람이었다.

가해자를 만나고 얼마 뒤, 내 앞으로 온 우편물이 뜯어져 있었다. 국세청이 보낸 종합소득세 관련 문서로, 전년도 신고 소득 총금액 등 개인 정보가 적혀 있었다. 처음에는 자랑도 못 되는 1년 치 총소득을 누가 알게 된 사실이 창피했고, 다음으로 이 우편물을 뜯어본 사람이 누구인지 걱정되기 시작했다.

가해자는 자식들이 대학에 갈 때까지 미투를 참아달라고 했다. 나는 약속하지 못한다고 했다. 가해자가 나를 해코지하려 내 주변을 맴도나 싶었다. 나만 없으면 가해자는 별 탈 없이 잘살 수 있다. 내 주소를 가해자에게 절대 비밀로 하라고 했는데 언니가 알려줬을까? 직접 오지 않고 누군가를 고용했을까? 불안한 마음으로 며칠을 보냈다.

잘못 배달된 우편물을 뜯은 사람이 주소를 확인하고 내 우편함에 넣은 듯하다. 작은 일인데도 깜짝깜짝 놀란다. '피해 의식이 있는 게 아니라 피해 경험이 많아서 그렇다'는, 정혜신이 한 말만 위안을 준다.

지난여름 한국여성의전화 가정폭력 전문상담원 교육을 100시간 수료했다. 코로나19 시국이라 인터넷으로 강의를 들어서 아쉬웠지만, 폭력을 당하는 여성을 이해하고 도우려는 동지 70명을 만나 마음이 든든했다. 상황이 허락하는 대로 성폭력 전문상담원 교육도 마칠 생각이다. 심리학 공부도 계속하려고 한다. 당장 내게 도움이 되기 때문이다. 그리고 어떤 형식이 될지는 모르지만 피해자를 위해 내가 할 수 있는 일을 천천히 준비하려 한다.

내 몸을 더 잘 알게 됐다

치유 뒤 내 마음뿐 아니라 내 몸하고 좀더 친해졌다. 얼마 전 내가 생리통과 생리 전 증후군이 꽤 심한 사람이라는 사실을 알았다. 생리 기간에 우울감이 심해지는 양상도 알게 됐다. 늘 몸 상태가 안 좋아서 그 기간이 딱히 더 안 좋은 줄도 몰랐다. 이제는 생리전증후군이 시작되면 일을 줄이고 더 많이 쉬려 한다. 그런 나를 더는 게으르다고 책망하지 않는다. 내 몸을 잘 돌보는 유능한 사람이라며 칭찬한다.

잠들 때 피해를 경험한 적도 여러 번이고 몸도 좌우가 비대칭이라서 내 근육은 늘 긴장 상태다. 잠자리에 누워서 명상하듯이 이완한다. 길게 심호흡하면서 명상 영상에서 들리는 성우처럼 나에게 속으로 말해준다.

"나는 안전합니다. 이곳은 내 집이고, 아무도 들어올 수 없고, 내일 아침까지 편히 쉬어도 됩니다. 긴장을 푸니다. 이마의 긴장을 풉니다. 눈썹의 긴장을 풉니다. 눈의 긴장을 풉니다. 턱의 긴장을 풉니다. 목의 긴장을 풉니다."

이렇게 머리부터 발쪽까지 차례대로 긴장을 풀면 훨씬 편안히 잘 수 있다. 내 마음과 내 몸하고 좋은 관계를 유지하는 법을 하나하나 배우고 있다. 앞으로 살아가면서 예상하지 못한 난관을 또 만날 테고, 아직 해결해야 할 숙제도 많다. 이제는 잘 극복하며 지낼 수 있다고 믿는다.

무슨 일이 벌어져도 안 죽는다. 다 살아지더라. 그런 대범함이 생겼다.

죽지 않고 지금까지
살아 있기를 잘했지

이 글은 어디에서 숨죽이고 힘들어하고 있을 성폭력 피해
자에게 쓴 긴 편지다. 특히 성폭력 피해로 고통을 겪지만,
피해자라고 불릴 자격이 없다고 자책하는 사람들에게 보
내고 싶다. 내가 그랬기 때문이다. 지난 몇 년 동안 이어진
미투 운동으로 우리 사회는 피해자들에게 좀더 공감하고
지지를 보내는 쪽으로 변해왔다. 두려움을 느끼면서도 폭
로를 멈추지 않은 많은 피해자 덕분에 나도 위로받았고,
이 글을 써서 세상에 내보내겠다는 용기를 낼 수 있었다.
목소리를 내온 모든 피해자들에게 감사하다.

　아직 고통 속에 있다면 도움을 청하라고 말하고 싶다.
심리 상담, 특히 여성주의 심리 상담을 추천한다. 주변 사
람에게 피해 사실을 폭로하면 공감하는 대화로 위로받기
보다는 성급한 충고와 조언 때문에 다시 상처받기 쉽다.

　자기 문제는 스스로 잘 못 보기 때문에 타인이라는 거
울이 필요하다. 내게는 상담과 책이 좋은 거울이다. 나를

왜곡 없이 구체적으로 알게 되는 데 큰 도움이 됐다. 내 마음이 지옥일 때는 타인에게 상처 주기 쉽다. 내가 가해자가 되지 않으려면 자기 분석이 필요하다.

그래서 상담사를 찾아가라고 말하고 싶다. 깊은 공감과 상처주지 않는 대화 기술도 훈련을 해야 갖출 수 있다. 평범한 사람이 그런 기술을 갖추기는 힘들다. 상담사는 훈련한 사람이다.

성폭력 경험은 고통스러운 일이지만 자기 인생까지 망쳐가면서 그 고통을 증명할 필요는 없다. 나처럼 실수하지 말기를 바란다. 고통받아야 할 사람은 가해자이지 피해자가 아니다.

각자 놓인 상황마다 속도는 다르더라도 반드시 회복된다고, 괜찮은 날이 분명히 온다고, 평범한 사람처럼 일상을 살 수 있는, 그때 죽지 않고 지금까지 살아 있기를 잘했지 하고 생각하는 순간이 온다고 말하고 싶다. 죽고 싶다는 생각은 제대로 살고 싶기 때문에 품게 된다. 상처를 치유하고 회복한 사람은 평범한 사람보다 더 깊은 안정감과 관용, 성찰하는 힘을 지닌 성숙한 존재가 된 자기를 만난다.

페미니즘 공부를 권한다. 내 혼란을 설명할 언어를 찾을 수 있는 유일한 수단이었다. 부모와 선생님이 딸들을 배려하고 순응만 하는 착한 사람으로 기르지 않기를 바란다. 부모가, 선생님이 통제하기 쉬운 착한 아이는 권력 있는 누구나 다루기 쉬운 사람이 된다. 억울한 일을 당해도 자기 권리를 주장하지 못하고 참고 견디다가 마음이 병들기 쉽다. 비판할 줄 알고 요구할 줄 알고 질문할 수 있는 아이로 키우기를 소망한다.

가장 좋은 치유 방법이란 사람마다 다르고 상황마다 다르다. 나 같은 경우 부모의 성장 배경을 알아보고 한계와 상처를 이해하는 방법은 별로 효과가 없었다. 그러나 치유를 위해서는 미리 짐작해 판단하지 말고 할 수 있는 일은 다 해봐야 좋다고 생각한다.

배설하는 글쓰기가 되지 않으려 노력했다. 글쓰기 훈련이 돼 있지 않은 문장 때문에 읽기가 불편하다면 내가 부족한 탓이다. 필력을 드러내기보다는 성폭력이 피해자 인생에 미치는 영향과 치유의 여정을 구체적으로 보여주고 싶다. 너그러이 이해해주기를 부탁한다.

누군가에게는 징징거리는 투정, 자기 연민에 빠진 관심 종자의 사연 팔이처럼 읽힐지 모르겠다. 한 권의 책이 모든 독자를 만족시킬 수 없다. 분명 누군가에게는 의미 있는 글이 되리라 믿는다. 있어 보이려고 내용을 일부러 늘리지도 않았다. 내 고통을 더 정당하게 보이려고 거짓

말하지 않았다. 무의식중에 과장하지 않으려고 조심했다. 솔직한 글쓰기가 가장 호소력 있다는 믿음으로 썼다.

이 글이 특수한 개인이 한 경험이 아니라 우리들의 이야기로 읽히면 좋겠다. 사실 성폭력은 날마다 반복되는 보편적 경험이다. 우리들의 문제다. 그러나 아직 충분히 말하지 않은 문제다. 그래서 미투는 계속돼야 한다. 침묵으로는 아무것도 바꿀 수 없다.

글을 쓰는 동안 꿈속에서 내 미투를 지지하는 여성들을 여러 번 만났다. 이제 현실에서도 그 여성들을 만날 수 있기를 소망한다. 내 목소리를, 기억을 더 많은 사람들이 공감하고 기억한다면, 나는 비로소 그 기억에서 자유로워질 수 있을 듯하다.